TAKE
SHOBO

買われた新妻は溺愛される

森本あき

Illustration
駒城ミチヲ

買われた新妻は溺愛される

contents

イラスト／駒城ミチヲ

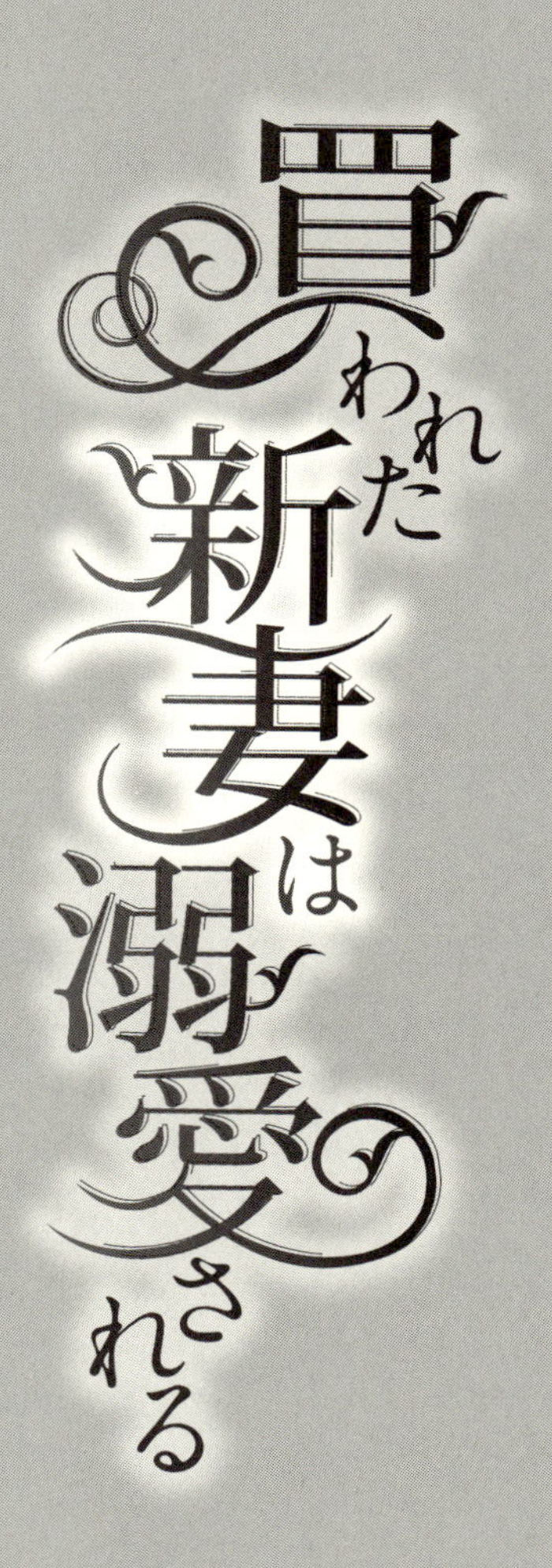
買われた新妻は溺愛される

体は奪われたって、あんたなんかに心は渡さない。

第一章

「ふっ……ん……」

ヴィヴィアン・ラーソンは、ザッカリー・ファルコーニの唇をどうにかよけようとした。なのに、顎（あご）をつかまれて、無理やり重ねられる。

初めての他人の唇は、少し湿っていてやわらかかった。ぞわぞわ、と体中に嫌悪感が駆けめぐる。

ヴィヴィアンはザッカリーを押し返そうと思い切り手を伸ばした。ザッカリーはまったく気にかける様子もなく、舌先でヴィヴィアンの唇をなぞる。

ぞわり。

今度は、さっきまでとはちがう感覚が湧いてきた。くすぐったいというのが、一番近いかもしれない。でも、それだけじゃなくて、全身が粟立（あわだ）つ一歩手前の不快感と心地よさが微妙に入り混じった奇妙な感じ。

ザッカリーの意図がわかるから、ヴィヴィアンはぎゅっと唇を閉じている。だけど、唇の間をザッカリーの舌でくすぐられて、思わず、そこがほどけた。

「んんっ…」

慌てて閉じようとする前に、ザッカリーの舌が中に入ってくる。ぬるり、とやわらかいものが、ヴィヴィアンの口腔内をまさぐり始めた。

「んっ…んっ…んんっ…」

ヴィヴィアンは顔を左右に振って、ザッカリーの舌から逃れようとする。なのに、ザッカリーががっしりヴィヴィアンの顎をつかんでいるせいで、かすかにしか動けない。

ザッカリーの舌がヴィヴィアンの上顎に到達すると、そこをこすった。

ぞくぞくぞく。

またちがった感覚が、体の奥から湧いてくる。

「ふえっ…」

舌先でしつこく上顎を撫でられるたびに、ヴィヴィアンの体から力が抜けていく。がくり、と膝を落としそうになったところで、ザッカリーがヴィヴィアンの腰を押さえた。

ザッカリーはそれでも上顎を解放しようとはせずに、強く、弱く、変化をつけながら、そこを舌でこすりあげる。気づいたら、ヴィヴィアンはまるですがるようにザッカリーにしがみついていた。

はっと気づいても、もう遅い。ザッカリーは両手で、ヴィヴィアンを抱きしめている。

「やっ…」

小さく声を出しながら、ザッカリーの手をはがそうとした。その瞬間、ザッカリーの舌が上顎から離れ、ヴィヴィアンの舌に絡まる。

「ふぅ…ん…」

声が甘くなるのが、自分でもわかった。舌先をあわせられて、その場で細かく動かされる。

「んっ…あっ…」

ヴィヴィアンの体の熱があがってきた。

たかがキス。

されるまでは、そう思っていたのに。

そのぐらいで、このわたしが降参するわけないでしょ。

そんな強気は、たった何分かで打ち砕かれた。ヴィヴィアンの体にはまったく力が入らず、ますますザッカリーに寄りかかっている。

ザッカリーの舌がヴィヴィアンの舌の表面をなぞった。やわらかくて湿ったそれは、ヴィヴィアンに気持ちよさだけを与える。

…そう、さっきからずっと、もう快感だけになっていた。最初の嫌悪感や不快感は、どこにいってしまったのだろうか。頼むから、戻ってきてほしい。じゃないと、わたし、このまま押し切られる。

「んっ……！」

ザッカリーはキスをしたまま、ヴィヴィアンを、ひょい、と抱えあげた。

ヴィヴィアンはさすがに抵抗しようとして、またザッカリーに阻止される。ザッカリーの舌が、ヴィヴィアンの舌先から半ばぐらいまでをなぞったあと、上顎に移動してそこをくすぐったのだ。

「ふぁ…ぁん…」

どうやら、自分は上顎が弱いらしい。そして、ザッカリーはそれをすでに見抜いているようだ。

そんな絶望的な状況で、わたしは、どうやって逃げればいいのだろう。

ザッカリーは大股で歩くと、ベッドにやってきた。ようやく唇を離して、ヴィヴィアンをベッドに降ろす。

「キスだけでわたしをその気にさせてみなさいよ、って言ったよな」

ザッカリーはにやりと笑って、ヴィヴィアンを見下ろした。

「それが…どうしたのよ…」

ヴィヴィアンは怯えているのを悟られないように、ザッカリーを見返す。

負けられない。ここで押し切られたら、わたしはこの男に抱かれなければならないのだ。

ザッカリーが待っているこの部屋へは、ピンクのガウン一枚で来させられた。丁寧に体を洗ってくれた侍女たちにいくら頼んでも、下着を着させてくれなかった。

ヴィヴィアンが部屋に入ったとたん、カウチに座っていたザッカリーが立ちあがって近づいてきた。その瞬間、恐怖が全身を満たす。

わたしは、これから、この男に抱かれるのか。

そう考えただけで、逃げ出したくなる。

ザッカリーはけっして、見た目に難があるわけじゃない。それどころか、とんでもなくかっこいい。この辺りにはめずらしい、黒い髪と黒い目をしていて、それがとても神秘的な雰囲気をかもし出している。母親がトルコ系だと聞いたことがあった。

子供のころから目立って顔が整っていたので、よくもてていた。ザッカリーがいろんな女性と浮き名を流していたのも知っている。

興味がある女は抱いてみることにしている。

そんなことを言っていたらしい、といううわさも耳に届いていた。

ヴィヴィアンのことだって、そのうちの一人としか思っていないだろう。ちがうのは、ヴィヴィアンとは正式に今日、結婚したということだけ。それも、おたがいに望んで、とかじゃない。そこには、いろいろ複雑な要因が絡んでいる。

結婚したからといって、ザッカリーのようにもてる遊び人がヴィヴィアン一人で満足するとは思えない。ヴィヴィアンだって、ただの好奇心で処女を奪われたくなんかない。

だから、まだまだあきらめない。これまでだって、たくさんあがいてきたけれど。こうやって現実を目の前にしても、おとなしく従うなんて選択肢はヴィヴィアンにはなかった。

気が強くて、わがままで、自己主張が激しくて、良家の子女とは思えない。

さんざん回りから、そう評されてきた、お嬢様と呼ばれるのにはまったくふさわしくない性質を、ここで出さなくてどうする。

ヴィヴィアンはドアを背にして、ドアノブを握った。そして、ザッカリーをまっすぐに見て、挑戦的に言い放ったのだ。

キスだけでその気にさせられないなら、わたしはあなたとの行為を拒否するわ。これから先も、ずっとね。だって、キスが下手な人に、それから先を期待できないでしょう？

ザッカリーは、ふーん、と、ちょっとおもしろそうな表情を浮かべた。

つまり、キスでその気にさせりゃ、おまえは素直に俺に抱かれるんだな。

ええ、そうよ。

だったら、俺としては問題ない。

そんなやりとりのあと、ザッカリーがヴィヴィアンのすぐ目の前までやってきて、さっきのキスが始まったのだ。

ヴィヴィアンはキスをなめていた。両親と眠る前にかわすキス以外の経験なんて、もちろんなかったから、こんなふうに唇の中をいろいろまさぐられて、そこが気持ちよくなるなんて想像もしていなかった。

ドアノブをつかんでいた手はいつの間にかそこを離れ、ザッカリーの背中に回すことになった。

悔しい。本当に本当に悔しい。

「その気になったんだから、やらせろ」

「なってないわよ……！」

ヴィヴィアンは、ここぞとばかりにはったりをかますことにした。だって、その気かどうかなんて、ザッカリーにはわからないでしょ？

「往生際が悪い女だな」

ザッカリーがあきれたように言う。

「ガウンを押し上げるぐらいに乳首とがらせて、その気じゃない、とか、よく言ったもんだ」

「…え」

ヴィヴィアンは驚いて、ガウンを見下ろした。横を向いてもなお、つん、と上を向いている、我ながら形のよさが自慢のおっぱいの先端が、ほんの少し突出していた。

だから、シルクのガウンはいやなのよ！

ヴィヴィアンはガウンに八つ当たりをする。

着心地はいいけど、薄手だから、こうやって変化を見られてしまうじゃないの。

「ちがう…わよ、これは」

でも、負けない。あがけるだけ、あがいてやる。

「わたしは…元からこうなの。あんたのキスで乳首がとがったとかじゃないから」

無理やりでもいい。キスでその気にさせられてない、と主張しつづける。

いつかは、ザッカリーに抱かれなければならないだろう。でも、その日を一日でも遅らせたい。

ザッカリーの屋敷に連れてこられて、抱かれるために体を洗われて、いかにもなピンクのガウンを着せられて、ベッドルームではザッカリーが待っていた。

そんな状況を、なんの抵抗もなく受け入れたくない。

わたしはあんたの意のままにはならないわ。

それを、ザッカリーに思い知らせたい。

「へえ、そうなのか」

ザッカリーは肩をすくめた。

「つまり、いまの状態が普通なんだな？」

「そうだって言ってるでしょ」

ヴィヴィアンは堂々と答える。ウソだなんて、ばれるわけがない。

「だったら、見せてみろ」

「……え？」

ヴィヴィアンはザッカリーの言っていることがよく理解できなくて、眉をひそめた。見せるって、どういうこと？

「俺が触って、どう変化するかたしかめてやる。それで、ああ、なるほど、たしかに、平常時からいやらしく立ちあがってるんだな、と納得できたら、今日はこのまま何もしないでおいてやろう」

何もしない。

その言葉に、ヴィヴィアンは反応する。

乳首を見せて、ちょっと触らせて、いまの少しとがっている状態がキスしたせいじゃない、とザッカリーが納得したら、とりあえず、わたしの処女を奪われるのが一日延びる。

…でも、問題は乳首が実際に変化している、ということだ。いまもまだキスの余韻が残っていて、体は熱いまま。乳首が元に戻っていてくれていればいいんだけど…あ、ちがう。

ヴィヴィアンはぎゅっとこぶしを握りしめた。

普通の状態で、乳首が立ってなきゃいけないんだ。興奮が収まって、乳首が元のように小さくなっているところを見せたら、ウソだとばれる。

どうしよう。とりあえず、今日のところはセックスしないですむ方法を考えないと。

見せるのは論外。とはいえ、触らせるぐらいはしないと、ザッカリーが許してくれるはずがない。

あ、そうだ！

「…ガウンの上からなら、いいわよ」

ヴィヴィアンは目を伏せる。

「だって…いきなり見せるのは恥ずかしいもの。布一枚隔ててたって、乳首の状態ぐらいわかるでしょう？」

ザッカリーを見ないのは、わざとだ。いかにも恥ずかしがっているように、ザッカリーにかんちがいさせたい。

「まあ、たしかにな」

ザッカリーがうなずいた。ヴィヴィアンは内心でほくそ笑む。

実際に見られないなら、きっと演技でどうにかなるにちがいない。ザッカリーに何もされないために、一生懸命がんばろう。

「けど、さすがに薄手のシルクとはいえ、いまみたいにふわっとかけられてるとよくわからないから、おっぱいの下のところでたぐりよせて、ぎゅっと持ってろ」

「え、わたしが？」

「俺はおまえの乳首をいじるので、両手がふさがる。いやなら、いますぐガウンを左右に開いてやってもいいいんだぞ」

ヴィヴィアンはすばやく動いた。ガウンの合わせ目が開かないようになるべく中央に寄せて、みぞおちの辺りで、ぐるり、とガウンを回してから、両手でぎゅっとつかんだ。こうすると、よっぽどのことがないかぎり、ガウンははだけない。

ひとつ問題点があるとすれば、おっぱいに強く押しつける形になるので、さっきよりもはっきり胸の形や乳首が浮き上がることだ。

だけど、直接見られるよりはマシ。

「ピンクだと、さすがに透けないか。白いガウンにすればよかったかな」

ザッカリーはそう言いながらも、特に残念そうな様子はない。

「まあ、でも、つん、と屹立した乳首がはっきりわかるし、これはこれでやらしいからいいか。もう一度確認するが、おまえの乳首は、この状態が普通なんだな？」

「そうよ」

ヴィヴィアンははっきりと断言した。

「てことは、いま触っても乳首はやわらかいんだな」

「…ええ…そうね…」

そっか。そういうことになるのか。

いいえ、大丈夫。だって、ザッカリーはヴィヴィアンの平常時の乳首の硬さを知っているわけじゃないもの。

これが普通なの。

それを言いつづけていればいい。

「ふーん」

ザッカリーの指が無造作に伸びてきて、ヴィヴィアンの右の乳首を、つん、とつついた。

「はぅ…っ…」

予告もないその動作に、ヴィヴィアンの体が軽く跳ねる。

「ちょっ…何を…！」

「は？　触るって言っただろ？　なんで驚いてるのか、俺のほうがわからん」

そう言いながら、つん、つん、とつづけて乳首を指で突いた。

「ふぇっ…あぁん…」

右の乳首から、しびれるような快感がヴィヴィアンの全身に走る。ヴィヴィアンはそのことに焦っているのだけど、それを絶対にザッカリーには気づかれたくない。

気まぐれで自分の乳首を触ってみたことはあるが、まったく気持ちよくならなかった。だから、乳首が感じないものだとばかり思っていたのだ。

ザッカリーに触られたって、きっと平気だと。

だから、あんなに簡単に承諾したし、少し我慢していれば終わるとタカをくくっていた。

なのに、ちょっとつつかれただけで、キスのときよりも強い快感に襲われるなんて。

こんなの予想外にもほどがある。

「ん？　やわらかくねえぞ」

ザッカリーは乳頭に指の腹を置いて、そのまま左右に動かした。シルクのガウンごと乳頭をこすられて、ヴィヴィアンは体をのけぞらせる。

「ひぃ…ん…やっ…だめっ…」

「あ、硬くなってきた。ってことは、やっぱり、さっきは普通の状態だったたってことか？」

「そうだって…言って…あっ…あぁぁん…」

ザッカリーの指の動きが速くなった。乳首が指につられて、左右に激しく動かされる。

「いや、あれが平常時じゃなくて、少しだけ立ってたってこともあるからな。しっかりたしかめないと」

ザッカリーは指を離すと、今度は爪の先で、カリカリ、と乳首を引っ掻いた。

「やぁっ…はぁん…」

ヴィヴィアンの足が、ピン、と伸びる。どうして乳首をいじられて、そこが反応するのか、よくわからない。

「しかし、いい形のおっぱいだな」

ザッカリーはヴィヴィアンのおっぱいをぎゅっと上からつかんだ。ぶるん、ぶるん、と震わせられて、そのまま、上に引っ張りあげられる。

「ひゃぅ…っ…」

ザッカリーが手を離すと、おっぱいは大きく揺れながら、元の位置に戻った。それをザッカリーは楽しそうに眺めている。

「布越しだと、いまいち確信が持てないんだよな。こっちは別の方法でたしかめてみるか」

ザッカリーは左の乳首に目をやった。ヴィヴィアンは、ぎゅっと唇を噛む。

これが終われば、今日はひとまず解放される。明日はまた、新しい逃げ道を見つけ出せばいい。

ザッカリーが舌を出して、左の乳首に顔を近づけてきた。

「やっ……！」

まさか舐められるとは思ってなくて、ヴィヴィアンはザッカリーを押し返そうとする。だけど、手はふさがってしまっていた。みぞおちでガウンをつかんでいる手を離したら、おっぱいが見えてしまうかもしれない。

少しずりあがったものの、意味のない抵抗でしかなかった。ザッカリーの舌先が、ヴィヴィアンの左の乳首を、ちろちろ、と舐める。

「いやぁぁ……ん……」

ヴィヴィアンの体に電流が走った。指とはまたちがう、やわらかい舌先の刺激に、ヴィヴィアンの乳首は素直に反応する。舌先を押し返すように、ぷつん、ととがり出したのだ。

「ほらっ…さっきよりも…硬くなったでしょ…んんっ…」

ヴィヴィアンはどうにかやめさせたくて、恥ずかしさを押し隠してそう告げた。なのに、ザッカリーは舌を止めるどころか、同時に乳輪を唇で吸い上げる。

「ふぁ…ん…やぁっ…」

ちゅぱ、ちゅぱ、と乳首を吸われながら、舌先で乳頭を上下左右にこすられた。反対側の乳首にもまた指が伸びて、乳首をゆっくりつまみあげる。

「あぁん…んっ…だめぇ…はぁん…」

乳首の奥のほうから、全身に快感が駆けめぐった。体を何度ものけぞらせて、ヴィヴィアンはそれに耐えようとする。

歯で乳首の根元を甘噛みされ、反対側は指で、ぎゅう、と根元を押さえられて、その強さをシルク越しだからこそ心地よく感じてしまう。

「ふぇっ…ぅ…ん…」

ザッカリーから与えられる絶え間ない快感に、ヴィヴィアンはベッドのシーツをつかむことでどうにか耐えようとした。

体を動かしたくない。感じてると知られたくない。

そして、一瞬おいてから、はっと気づく。

…どうして、わたし、シーツを持てるの？　だって、ガウンを押さえていたはずじゃ…。

ガウンから手を離した記憶はない。でも、両手はすでにシーツの上に置かれている。

ヴィヴィアンは恐る恐る、自分の体を見下ろした。ガウンは左右にはだけ、左右の乳輪が半分ぐらい見えている。あと少しずれたら、乳首が露出してしまう。

「だめっ……！」

ヴィヴィアンは慌てて手で乳首を隠そうとした。だけど、それより早く、ザッカリーがガウンを、がばっと開く。

「いやぁぁぁっ……！」

ぷるん、と乳首が飛び出した。そこは、ぷつん、といやらしくとがっている。

「きれいなピンク色だな」

ザッカリーは満足そうに目を細めた。

「だめっ…見ちゃいやぁ…」

「ぷっくらふくらむ屹立の仕方も、俺の好みだ。もうちょっと大きめなほうがいいから、これから仕込んでやろう」

そう言いながら、乳首を、ピン、と指先で弾く。

「はぁぁ…ん……！」

初めて他人に直接乳首を触られて、そのあまりの快感に、ヴィヴィアンは、びくん、びくん、と体を震わせた。

「触り心地がいい。おっぱいもやわらかいな」

　ザッカリーは、ぼよん、ぼよん、と下からゴムまりのようにヴィヴィアンのおっぱいを揺らす。それだけでも、気持ちいい。

「ふっ……ぅ……」

「おまえ、乳首が感じやすすぎるな」

「そんなこと…あるわけがっ…ないわっ……」

　これだけあえいで、これだけ乳首をとがらせていても、そんなの認めてやらない。

「そうなのか？」

「だって…気持ちよくないものっ……」

　わたしにだって意地がある。

「それに…わたしの乳首は最初からとがってるの……！　これが普通なの……！」

　今日抱かれないためなら、なんだって口にできる。

「じゃあ、俺が乳首をいじってても感じてなかった、と」

「そうよ……！」

「それが本当なら、今日どころか、これから一週間、おまえを抱かずにおいてやる」

　え、ホントに？

突然転がり込んできた、またとない好条件にヴィヴィアンは冷静さを取り戻そうと必死になる。

快感に支配されていると、ちゃんと考えられない。なのに、ザッカリーは気まぐれのように、乳首をつついたり、つまんだりしてくる。

やめてほしい。でも、乳首が感じないと言った手前、それは言い出せない。ここはぐっと耐えて、この状況でどうにか正常な判断を下すしかない。

「そのかわりウソだとわかったら、この先は俺に逆らわせない。たっぷり時間をかけて、おまえの快感を引き出して、処女を奪ってやる」

「いい…わ…」

少し考えて、賭けにのることにした。ヴィヴィアンが感じてるかどうかなんて、他人のザッカリーにわかるわけがない。

「いいんだな?」

「ええ、だって、感じてないもの…っ…」

乳頭をやわらかくこすられて、あえぎそうになったのをどうにかこらえた。

あとちょっとで解放される。

そう思えば、なんだって耐えられる。

「よし、わかった。だったら、俺がたしかめてやる」

　ザッカリーはガウンの腰ヒモをほどいた。ヴィヴィアンは目を見開く。

「何をするのっ…？」

「男は、ペニスが勃ってりゃ興奮してる。女は、あそこが濡れてりゃ感じてる。おたがい、わかりやすい指標があってよかったな」

　ガン、と頭の後ろを殴られたかのような衝撃が走った。感じてない、と否定しつづければいいのかと思っていたのに、ちがった。

　ザッカリーは確たる証拠を提出しようとしているのだ。

「ちょっ…待っ…」

　うまく言葉がつむげない。まさか、そこを探られるとは思ってもいなかった。

「なんでだ？　濡れてるからか？」

　ザッカリーの問いかけに、ヴィヴィアンは答えられなかった。だって、たしかにそこは濡れそぼっている。キスされたときから、じゅん、と熱くなって、乳首をいじられている間に自分でもわかるぐらい、愛液があふれていた。

　そこを触られたら終わり。どうにかして阻止しなければならない。

　…でも、どうやって？

「おまえはウソがつけないんだな」

ザッカリーがにやりと笑う。

「濡れてるって認めれば、少し手加減してやるよ」

「いや……よ……」

ヴィヴィアンはザッカリーをにらんだ。まだ終わったわけじゃない。

だって、もしかしたら、もう乾いてるかもしれないじゃない？

どんなことだって、可能性はゼロじゃない。だから、わたしはそれに賭ける。

「触ればいいわ」

ヴィヴィアンはにっこりと笑った。

「そして、がっかりしなさい」

「いいな、そのきれいな顔で、その強気な態度。めちゃくちゃにしてやりたくなる」

「あなたが負けたら、一週間、わたしに手を出さないでね。約束よ」

「安心しろ」

ザッカリーが目を細める。

「俺は約束を破らない。じゃあ、いくぞ」

ザッカリーがわざとのように、ゆっくりとガウンの下の部分を左右に開いた。ヴィヴィアンの下腹部が露わになる。

「きれいな肌だな。真っ白で、キメが細かくて。足も肉づきといい長さといい、パーフェクトだ。おまえの体は芸術品だな」

そんなふうにほめられたって、嬉しくもなんともない。

裸を初めて見せるのがこの男だなんて、屈辱的すぎる。

「足をぎゅっと閉じてるのに、スタイルがいいからここに隙間があって、簡単に手が入るのもそそられるな」

ザッカリーは足の付け根にある三角の空間へ手を伸ばした。

あとちょっと。もうちょっと。

息を飲んでいるヴィヴィアンの目の前で、ザッカリーの手が、するり、とその中に差し込まれる。

「あぁぁっ……ん……いやぁ……」

ザッカリーの手は遠慮なく奥に進んだ。ヴィヴィアンの蜜口をすぐに探り当てて、そこを指先でこする。

「ひぃ……ん……やぁぁ……っ……」

ヴィヴィアンの体が弓なりになった。そこを何度かこすって、ザッカリーの手が引き抜かれヴィヴィアンは、カッと頬を赤く染めた。

ザッカリーは透明な液体で濡れた指先を、ヴィヴィアンの目の前に差し出す。ヴィヴィアンは、カッと頬を赤く染めた。

乾いてなかった、という絶望感と、自分の愛液を見させられる屈辱。それが、体の中に渦巻いている。

「濡れてるんだよな？」

ヴィヴィアンは答えない。それが、最後の矜持だ。

「あくまでも強気なところも気に入った。その顔を、早く快感で泣かせてやりたい」

「だれがっ…」

ヴィヴィアンはザッカリーをにらみつけた。

「あんたなんかに泣かされるもんですかっ…！」

そのときは本気でそう思っていた。

強がりでもなんでもなく、快感で泣くわけがない、と。

「あっ…やっ…もっ…許してぇ…」

ちゅぷ、ちゅぷ、と音を立てながら、ザッカリーの舌がヴィヴィアンの膣(ちつ)の中を掻(か)き回(まわ)している。足の間にザッカリーの顔がある、という体勢だけでも恥ずかしくてたまらないのに。あそこをじっくり見られて、中を舌でなぶられていることで、羞恥は何倍にもなる。

愛液はとめどなくあふれて、ヴィヴィアンの太腿(ふともも)まで垂れていた。

「いやだね」

ザッカリーは器用に舌を膣内に入れたまま、しゃべる。

「俺のペニスを入れただけでイケるぐらい、快感でぐちゃぐちゃにしてやる」

「やだぁ…！」

ヴィヴィアンは、ぶんぶん、と首を横に振った。

「おねがっ…謝るからぁ…あっ…あぁぁん…」

舌を抜き差しされて、膣が、ぎゅう、と収縮する。膣をまさぐられる快感はこれまでのどれともちがい、子宮に直結する気持ちよさだ。

「強気なおまえが謝るのは楽しそうだが、俺はもっと屈服させたいんだよ。というわけで、これまで触れずにおいたとこをいじってやろう」

触れずにおいたとこ…？　そんなところ…。

ちょん。

そんな軽いつつき方だった。なのに、ヴィヴィアンの頭のてっぺんから足の先まで、電撃のような快感が走る。

「ひぃぃぃ…ん…」

ザッカリーの指がクリトリスに触れていた。そのまま、クリトリスを上下にこする。蕾(つぼみ)のようなそこは、触れられるたびに少しずつ大きくなっていくのがわかった。

「あっ…いやぁん…んんっ…そこっ…だめっ…だめぇ…！」

びくん、びくん、と体が震えるのを止められない。

「さすが処女だけあって、ここもまだちっちゃいな。乳首と同様、開発してってやるよ」

舌で膣の中をまさぐられて、クリトリスを指先でこすられて、ヴィヴィアンの頭が真っ白になってきた。

びくびくびくっ、と膣が細かくひくつき始める。

「ふぇっ…やっ…あっ…あぁん…あぁぁっ…」

「おまえ、ホント、敏感だな」

ザッカリーはようやく舌を抜いてくれた。許されたのか、とほっとしたのもつかの間。

「そろそろ、イキそうじゃねえか。膣がすんごい痙攣(けいれん)してる。まだこれから指でいじりまくろうと思ってたのに、もう準備万端なのかよ」

ザッカリーは体を起こした。すでに完全に天を向いているペニスを何度かこすって、ヴィヴィアンに見せつける。

「これが、いまからおまえの膣の中に入るんだ」

ザッカリーは、にやりと笑った。

「とろとろに溶けたおまえの膣は、俺のペニスをきゅうきゅうに締めつけるんだろうな。入れた瞬間にイクのが理想だが、まあ、奥まで埋め込んだときでもいい。どっちにしろ、おまえは俺を受け入れて、歓喜の涙を流すんだ。上も、下も、な」

その下品きわまりない表現に、ヴィヴィアンの頬が羞恥で赤く染まる。

「だれがっ…！」

「おいおい、どこも触られてないときは強気なままだな。さっきまで、許して、とか、謝るから、とか言ってたくせに」

「知らないわっ…あっ…あぁぁん…！」

クリトリスを下から上にこすられて、ヴィヴィアンの腰が浮いた。

「素直じゃねえな。それを調教するのも楽しみのひとつだ」

そう言いつつ、ザッカリーはペニスをヴィヴィアンの蜜口に押し当てる。

指とも舌ともちがう、硬さと熱さ。それに恐怖を感じた。

わたしはこのあと、処女じゃなくなる。何も知らなかったのに、ペニスの質感を覚えてしまう。

「やっ……!」

ヴィヴィアンはザッカリーの腕をつかんだ。

「許してっ…やっぱり…いやっ…やだっ…おねがっ…なんでもするからっ…」

そう言っているうちに、自然に涙がこぼれる。

「いいな。すごくいい」

ザッカリーは満足そうにうなずいた。

「気位の高い美人が俺に許しを請う、ってシチュエーションだけで、ペニスがますますビンビンになった。早く入れてえ」

ザッカリーはペニスの先端で蜜口をこする。

「ふぇ…ん…あっ…はぁん…」

「入れていいか?」

「いやっ…いやぁ…だめなのっ…入れないでっ……!」

「その言葉を待ってた」

ずぶり、と音を立てて、ザッカリーのペニスがヴィヴィアンの中に入ってきた。

「いやぁぁぁぁぁっ……！」

初めて受け入れたペニスの大きさに、ヴィヴィアンは衝撃を受ける。

硬い、大きい、熱い。

…でも、気持ちいい。

膣はザッカリーのペニスにまとわりつくように、ひくん、ひくん、と震えながら収縮している。それをかき分けて、ザッカリーのペニスは奥へと突き進んだ。

「ヴィヴィアンの中、すんげーいいな」

名前を呼ばれたことに驚いて、ヴィヴィアンはザッカリーをまじまじと見る。

「あ、なんだ、名前呼ばれんの好きなのか。いま、膣が、ぎゅうう、って縮んだぞ」

ザッカリーがにっこりと笑った。笑顔なのに、すごく意地悪に見えるのはどうしてだろう。

「ヴィヴィアン」

ザッカリーが甘くささやく。

「いやっ…やっ…」

ヴィヴィアンの膣が、それに連動するようにうごめいた。

「ヴィヴィアン、かわいいな、ヴィヴィアン」

ザッカリーの声がどんどん近くなる。耳元で息を吹きかけられて、ぞわぞわ、と全身が粟立った。

「ヴィヴィアン、どうした」

耳たぶを甘噛みされて、体の震えがひどくなる。膣もひっきりなしにひくついていた。

「俺を全部受け入れろ」

ちゅっ、と耳の縁にキスをされて、そのあと、低く甘くささやかれる。

「ヴィヴィアン」

それと同時に、すごい勢いでザッカリーのペニスが奥まで突き入れられた。

「あぁぁぁぁぁっ……!」

ヴィヴィアンは体を大きくのけぞらせる。びくびくびくっ、と膣が激しく痙攣して、それからすぐに、ヴィヴィアンの全身から力が抜けた。

「イッたな」

ザッカリーの言葉で、これが絶頂なのか、とようやく気づく。

全身がだるい。

…でも、体がふわふわしていて、これまでに経験したことがないようなすっきりした感覚がある。

一度イクことを経験したら、病みつきになる。

経験豊富な友人が言っていたことが、なんとなく実感できてしまった。

でも、そんなの許せない。好きな人ならまだしも、ザッカリーは政略結婚の相手でしかない。

「もう…いいでしょ…」

処女なら捧げた。泣き顔も見せた。絶頂だって迎えた。

初夜は、これでおしまい。

「は？」

ザッカリーは眉をひそめる。

「イッて具合がよくなった膣を、俺がそう簡単に手放すとでも思ってるのか？　それに言っただろ。さっさと降参したら手加減してやる、って。なのに、意地を張ったのはおまえだ。処女を奪われた上に、俺から離れられなくなるぐらいの快感を教え込まれるなんて、楽しくてしょうがないだろ？」

「冗談じゃないわっ…！」

いままでも、すでにいろんな部分で快感を引き出されている。これ以上なんて、望むわけがない。

「だから、キスで感じた、って素直に認めておけばよかったんだよ。自業自得ってやつだ。まずは俺もイカせてもらう。さっき、おまえがイッたとき、引きずりこまれそうになって我慢したからな。ちょっとこすったらイケる」

「やだっ…やっ…いやっ…」

ヴィヴィアンはザッカリーから逃れようと腰を動かした。だけどそれが逆効果だったのか、勝手に膣が収縮して、ザッカリーのペニスを締めつける。

「うぉ…ちょっ…予告もなしにそれかよ…」

ザッカリーが大きく息を吸った。

「あっぶねー。イクとこだった。お返しはきっちりさせてもらうから、覚えてろ」

ザッカリーはヴィヴィアンの太腿を持つと、そのまま、ぐっと前に押しだした。ヴィヴィアンの体がくの字になる。

「えっ…なっ…」

腰が大きく浮いたこの格好は、つながっているところがザッカリーに丸見えだ。

「あー、俺のペニスがヴィヴィアンのピンクの膣の中に、ずっぽり入ってる。ヴィヴィアンの入り口、ぱっくり開いてるぞ。粘膜が見えてる」

「やっ…言わないでぇ…あぁん…」

想像しただけなのに、なぜか、愛液があふれた。

「ヴィヴィアン、ホント、やらしいな。言葉だけで、膣がひくつくなんてさ。ああ、ダメだ。我慢できねえ。あとからゆっくりいじめるためにも、いまはさっさとイッとこう」

ザッカリーが腰を激しく動かし出す。斜め下へと突き刺すようなその動作は、さっきまでとちがって、ヴィヴィアンの膣の別の部分を刺激した。

「あぁっ…やぁん…あっ…あぁぁっ…」

ぐちゅ、ぐちゅ、と濡れた音が響く。

「いいな…すげー、いい…ヴィヴィアン、出すぞ…」

ザッカリーの声がかすれて、ペニスが深く突き入れられた。その場で少し固まって、ぶるり、と体が震える。

ヴィヴィアンの膣の奥で、ペニスの先端がふくらんだ。そのまま、中に精液が注ぎ込まれる。

「あっ…やっ…んんっ…」

温かいもので満たされていく感触は、なぜか心地よかった。

ヴィヴィアンは目を閉じて、何度かに分けて放たれる精液を黙って受け入れるしかなかった。

寝ているザッカリーの上に乗らされて、腰を上下に動かすように命令された。ヴィヴィアンがいやがっていると、おっぱいに手を伸ばされて、乳首をつままれる。

「だめっ…ふぇっ…やぁん…」

この何時間かでいじられまくった乳首は、じんじん、と熱を持って、いまはもうずっと、ふくらみっぱなしになっている。少し触れられるだけで、全身を快感が駆け抜けた。

ヴィヴィアンの腰が、自然に浮き上がる。

「もっとだ」

ザッカリーはヴィヴィアンのおっぱいを、むにゅり、と揉んだ。

「やぁぁん…」

ヴィヴィアンの腰が、またちょっと浮く。ザッカリーのペニスが半分ほど見えた。

「まだだ。カリの部分まで腰をあげろ」

「無理ぃ…あぁん…あっ…」

数時間前まで処女だったヴィヴィアンは、すでにいくつもの体位でのセックスを経験していた。バックで突かれ、座ったまま向き合って貫かれ、ベッドから降りて、立ったまま壁にもたれかかって後ろから入れられ、そして、これが最後だ、と騎乗位と呼ばれるらしいこの体勢をさせられている。

最初のほうはいちいち抵抗していたヴィヴィアンだが、何度も何度もイカされているうちに、素直に従ったほうが楽なことを理解した。

　ザッカリーの言うことを聞いていれば、早く終わる。

　ただし、気づくのが遅すぎた。ヴィヴィアンの体力はほとんどなくなっている。いますぐ眠ることを許されたら、夢も見ずに爆睡できるだろう。

「できるだろ」

　ザッカリーはヴィヴィアンのクリトリスを指先で弾いた。

「ひぃ…ん…」

　ヴィヴィアンの腰が跳ねる。

「それでいい」

　どうやら、ザッカリーが満足する位置まできたようだ。

「そこで耐えてろ」

　ザッカリーはそう言って、ペニスを回し始めた。ペニスの太い部分が蜜口を刺激する。

「あっ…だめぇ…それっ…いやぁ…」

　膣の中には特に感じる部分がいくつかあるようで、入り口付近はヴィヴィアンの弱いところのひとつだ。こうやって、ぐりぐり刺激されると、我慢ができない。

「やっ…腰が落ちちゃ…いやぁん…だめなのぉ…」

「まったく、おまえは感じるとこばっかだな」

ザッカリーは、ぼよん、ぼよん、とおっぱいを揺らしながら、乳首を指で押し込んだ。中に、ぐうっ、と入っていく感触に、ヴィヴィアンは体を前後に揺する。

「いやぁん…だめぇ…おっぱいも…弱いのぉ…」

「知ってる」

ザッカリーが指を離した。乳首がつんととがったまま、ぴょこん、と顔を出す。そこをまた指先でこすられて、乳首が上下に揺れた。

「はぅ…ん…あっ…乳首…気持ちいいからぁ…やっ…やぁん…」

「ヴィヴィアンが素直になるまで、こんなに時間がかかるのか」

ザッカリーが感心したようにつぶやく。

「普通は、もっと早く陥落するんだけどな。まあ、こっちは楽しいからいいけど。どうせ、つぎのときはまた、元に戻ってそうだし。ヴィヴィアンの気の強さなら、十分に考えられる」

当たり前でしょ。

ヴィヴィアンは心の中だけでうなずいた。

いまはもう、心も体もボロボロだから従ってるだけで、元気だったらこんなに恥ずかしいことを口にするわけがない。

「よし、さすがの俺も疲れてきたから、終わらせよう」

ヴィヴィアンはほっとする。

これで、ようやく初夜が終わる。

長い長い初夜が。

「いや、ちがうな。ヴィヴィアンが終わらせてくれ」

「……え？」

どういうこと？

「腰を動かして、膣で俺のペニスをこすり、俺をイカせたら終わりだ」

「無理っ……！」

そんなの、できない。

「もしくは、ずっとこの状態のまま、俺がヴィヴィアンのおっぱいやクリトリスをいじり放題か」

…つまり、やるしかないのね。

ヴィヴィアンはぎゅっと唇を噛むと、ザッカリーのおなかに手を置いた。ここを支えにして、少しでもザッカリーが痛がればいい。

ヴィヴィアンはいったん腰を落とした。ズン、と奥までペニスが入って、それだけでイキそうになってしまう。

疲れるからイキたくないのに。一度、イクことを覚えてしまった体は、スイッチが入るとすぐに絶頂へと向かう。

ヴィヴィアンは、そろそろ、と腰をあげた。さっきの位置まで抜いて、また下ろす。

「いい眺めだ」

ザッカリーが目を細めた。手を伸ばして、ヴィヴィアンのクリトリスを撫でる。

「ふぇ…あっ…やぁん…」

「ヴィヴィアンの体がエロいから、どこもかしこも触ってやりたくなるな」

その言葉どおり、もう片手はおっぱいに当てられた。もにゅ、もにゅ、と激しく揉みしだかれる。

「ひぅ…だめぇ…あっ…あぁん…」

ヴィヴィアンはザッカリーの邪魔に負けないように、一心に腰を動かした。ザッカリーをイカせれば、解放される。

今日はひとまず、というのが、悔しいけれど。

それでも、このままずっとセックスされるよりもはるかにマシだ。

「んっ…はぅ…ん…あぁん…」

ザッカリーの精液と、いまだにあふれつづけるヴィヴィアンの愛液が混じって、動くたびに、ぐちゅん、ぐちゅん、といやらしく濡れた音がする。

「あっ…あぁん…ふぇっ…」

じゅぶ、じゅぶ、じゅぶ。

ぐちゅ、ぐちゅ、ぐちゅ。

いろんな音をさせながら、ヴィヴィアンはザッカリーのペニスをこすった。ザッカリーのペニスの先端が奥を何度も突き上げる。

「あぁあっ…あっ…あぁぁぁぁっ…！」

我慢できずに、またイッてしまった。膣が痙攣しながら、ザッカリーのペニスを締めつける。

「くっ…」

ザッカリーの声に、ヴィヴィアンはほっと息をついた。イク前は、こういうこもった声がこぼれるのだ。

意識して膣でザッカリーのペニスを締めつけたら、すぐにザッカリーの精液が中に放たれた。

ヴィヴィアンは安心して、体から力を抜く。

「よくできた」

ザッカリーは、ぽんぽん、とヴィヴィアンの頭を撫でると、くるり、と体勢を入れ替えた。

ヴィヴィアンをベッドに寝かせて、ペニスを引き抜く。

「とりあえず、今日はこれでおしまいだ。明日からこんなにひどい目にあいたくなければ、さっさと素直になることだな」

ヴィヴィアンはうなずかない。そんなにすぐに屈したくないからだ。

明日、どうにか逃げられないだろうか。

それもちゃんと考えよう。

でも、いまはもう眠りたい。

「じゃあ、また明日な」

ザッカリーはひらひらと手を振ると、ベッドから降りた。ヴィヴィアンはそっちを見もせずに、目を閉じる。

どうして、わたしがこんな目に。

それを考えることすらめんどうだった。

だから、ただ眠る。

体力を回復するために。

第二章

ヴィヴィアンは十八歳になるまで、何不自由ない生活を送っていた。ラーソン家はだれもが名門と認める家柄で、パーティーに出席すれば、みんながヴィヴィアンにあいさつをしてくる。幼いころから、蝶(ちょう)よ花よ、と育てられ、わがまま放題していてもだれもとがめる人がいなかったため、自分の性格に少し難があるのはヴィヴィアン自身がよくわかっていた。

だからといって、直そうという気はまったくない。

だって、これから先もずっと、うちはお金持ちで権力もあって、どうせ、だれもわたしにたてついてきたりしないもの。

それに、なんといってもヴィヴィアンは美人だ。ブスでわがままだと敬遠されるが、美人でわがままとなると、なぜかもてる。

猫目と呼ばれる少しつりあがった大きくて茶色い目、すっと通った鼻筋、何もつけなくてもツヤツヤで真っ赤な唇。猫目のせいでキツい雰囲気になっているが、中身も勝ち気だからか、そこもまたいい、と、実際に何人もの男に言われたことがある。

髪はプラチナブロンドで、ほんのちょっと生え際に茶色が混じるのが残念だけれど、伸びた部分はきれいな金色になってくれるので、そこはとても気に入っている。

ただ、天然パーマでかなりウェービーなのは気に食わない。全体的にボリュームが出るし、髪留めで止めても、ぼわっとなる。ストレートでさらさらな髪の人がうらやましくてしょうがない。基本的に自分の造形にはいろんな部分を含めて満足しているが、このウェービーヘアーだけは例外だ。

ストレートにしたくてメイドを何人も使ってまっすぐにしてもらっても、一、二時間後には元に戻ってしまっている。頑固な癖っ毛がうらめしい。パーティーで女友達に、ヴィヴの髪、本当にきれいに波打ってるわよね、とほめられることは多々あるけれど、だれかに称賛されても唯一、嬉しくないのが髪の毛だ。

寝て起きたら、ストレートになってないかしら。

小さいころは、毎日のようにそう願っていた。もちろん、そんな奇跡が起こるはずもなく、いまだに縮れたままだ。

新聞広告で、これを使えばきれいなストレートヘアーに！　みたいな商品を見ると、ああ、同志がいっぱいいるのねえ、と安心する。大きな声では言えないが、ヴィヴィアンもかたっぱしから買ってみた。

成果？　そんなのあったら、いまはさらさらストレートになってるわよ！

…まあ、いいわ。

とにかく、ヴィヴィアンは十八歳という、この国では成人と認められる年齢まで、ほとんどなんの悩みもなく生きてきた。

お金はあるし、美人だし、パーティーに出席すれば男たちがちやほやしてくれるし、わがまま放題でも許される。

そんな生活が、ずっとつづくと思っていた。

とある日の夜、両親がそろって、ヴィヴィアンの部屋を訪れてくるまでは。

「ヴィヴ」

ノックのあと部屋の外から呼ばれて、髪の毛が少しでもストレートになりますように、と願いをこめてブラッシングをしていたヴィヴィアンが、はーい、と答えたら、部屋のドアが開いた。

「どうしたの？」

そこには、神妙な表情をした両親の姿。

「話があるんだ」

父親が部屋の中に入ってきた。ヴィヴィアンのそばにやってきて、ヴィヴィアンの肩を軽くたたく。

「なあに？」

ヴィヴィアンは無邪気な表情を作った。基本的に両親がヴィヴィアンの部屋にやってくることはない。年頃の娘の部屋には足を踏み入れないものだ、と、おたがい、暗黙の了解でわかっているからだ。

なのに、わざわざ二人そろって訪れるなんて。

深刻な話があるだろうことはさすがにヴィヴィアンでも察することができる。だからこそ、雰囲気まで暗くしたくなかった。

小さいころ、ヴィヴィアンがどれだけわがままを言おうと、おてんばな遊びをしようと、いつも両親は、にこにこと見守ってくれていた。しつけという面ではダメだったかもしれないが、そのおかげでヴィヴィアンはのびのびと育つことができたのだ。

ヴィヴがいてくれると、その場がぱっと華やかになるなあ。

父親は目を細めて、幾度となくそう言ってくれていた。いまは、その華やかさが必要なんだと思う。

なので、ヴィヴィアンは笑うしかない。

母親はというと、ドアにもたれかかっていた。痛ましそうな表情で、ヴィヴィアンを見つめている。

…もしかしたら、わたしの想像している以上に大変なことなのかもしれない。

ヴィヴィアンはようやく、それに気づいた。笑顔がひきつりそうになるのを、どうにかこらえる。

「なーに、パパもママもちょっと変よ」

ヴィヴィアンはおどけた口調で言ってみた。なのに、二人とも笑ってもくれない。ヴィヴィアンの中の不安が、どんどん大きくなっていく。

「またー、そうやって怖い顔をして、わたしを脅そうとしてるだけでしょ」

そうであってほしい。ばれたか、と表情を崩してほしい。

なのに、ヴィヴィアンの願いは叶わない。

「うちは破産したんだ」

父親が、ぼそり、とそうつぶやいた。

ハサンって何かしら。

ヴィヴィアンは言葉の意味をとらえそこねる。いや、もしかしたら、理解するのを脳が拒否しているのかもしれない。

「長いつきあいで信用していた管財人が、預けていた資産を使って、自分の投資の損失を埋めようとしたんだよ。最初は少額で、すぐに取り戻せたのもいけなかったようだ。そのうち、ちょっとの損ならラーソン家の金でどうにかすればいい、すぐに返しておけばばれない、と考えるようになって、どんどん危ない投資先に手を出し始めた。そういうところは株の値段がかなり上下するから、儲かるときは巨額だし、損するときはもっと巨額だ。彼は、それが楽しくなってしまったんだよ。得しても損しても、大きな金額が動くんだからな。その上、自分のふところは痛まない。うちの資産は莫大だから、少しぐらい減ったところで数字上はそんなに目立たないし、彼は過信していたんだ。この遊びをつづけても、特に問題にはならないだろう、ってね」

父親は静かに怒っていた。それが、抑えた口調からも伝わってくる。

そして、ヴィヴィアンは本当の意味で理解した。

うちには、もうお金がないのだ、ということを。

だから、父親はこんなに神妙な様子で経緯を説明しているのだ。

「そこに降ってわいたのが、つい一週間ほど前の株の大暴落だ。ほぼすべての株券がただの紙きれになったと言われている。うちも投資で増やしているから、相当な損をしただろう、と覚悟はしていた。ただ、何があっても大丈夫なように、ある程度の金額はプールしておいて、落ち着いたら、そこからまた投資で増やしていくように対策はとっておいた。だが、あのバカは、そのプールしていた金に手をつけてやがったんだ」

父親は、ぎゅっとこぶしを握りしめた。言葉が強くなったのも、そのときの怒りを思い出したからだろう。

「現状を把握しておかないと、と彼の事務所を訪ねていったら、もぬけの殻だった。家にも、当然いない。両方とも、空き巣が入ったのか、と思うほどぐちゃぐちゃで、私は最初、彼の身を心配したものだ。バカだよな、私も」

父親は、小さなため息をつく。

「彼がどこに行ったのかは気にかかったが、それよりも自分たちの資産がどうなっているのかのほうが大事だから、銀行に問い合わせてみたんだ。そうしたら、残っていた預金は管財人がすべて引き出した、こちらは何も預かってない、と言われて、ああ、よかった、預金は守ってくれたんだ、とほっとした。つくづく、私は人がいい」

父親のため息が、また部屋に響いた。

「どうにか彼と連絡をとろうとしたが、事務所と家以外、いる場所に心当たりがなくてな。うちだけの管財人をやっていたわけじゃないから、株価大暴落で忙しいのだろう、そのうち向こうから何か言ってくる、と待っていたら、今日、手紙が送られてきた」

父親の視線が厳しくなる。その手紙の内容を思い出しているのだろうか。

「さっき、私が説明したようなことと、引き出した金は自分の逃亡資金にあてること、これからは名前を変えて行動するから絶対に見つからないだろうことを、お金がなくなったあなたには何もできないと思いますが、一応、お知らせしておきますね、と挑発的な一文を添えて報告してきやがった」

「それは…」

ヴィヴィアンも管財人に何度か会ったことがある。とても人のよさそうな感じで、そんなひどいことをするようには見えなかった。

だから、父親もだまされたのかもしれない。

「私はこの屋敷を売って、金を作ってでも、あいつをつかまえてやろうか、と考えたが、そんなムダなことに大事な金を使っていられない。今後も生活するには、金がかかる。使用人に払う給料すら、いま、手元にはないんだ」

「でも、それは待ってもらえばいいんじゃない？」

使用人よりも、わたしたちの生活のほうが大事でしょう？

「ヴィヴ」

父親が、ぽんぽん、とヴィヴィアンの肩をたたく。

「一番けずってはいけないのが人件費だ。それを、よく覚えておきなさい。使用人は給料が支払われないようなところからは、さっさと逃げていく。当たり前だよ。自分たちの生活があるからね。有能な使用人は、ほかのお屋敷ですぐに雇われるだろう。そこで、うちの話をしないわけがない。管財人にだまされて、全財産を失くしたみたいですよ、みっともないですね、落ちぶれてしまって、とな」

「そんなこと、許せるわけがないわ」

ヴィヴィアンはむっとした。いままで、結構、使用人にはやさしくしてきたつもりだ。…まあ、ちょっとはわがままを言って困らせたかもしれないけれど。

ヴィヴィアンの場合、対等だったり自分より上の人には気の強さを発揮するが、明らかに自分に逆らえないような相手には、あまり強く出ない。そういうのはフェアじゃない、と思っているからだ。

ヴィヴィアンだって聖人君子ではないから、機嫌が悪いときに八つ当たりしたこともあったけど、使用人からは総じて、世間の評判はあてにならないですね、お嬢様は本当はおやさしいのに、と評されていた。おせじも多少含まれているだろうが、使用人たちに本当にきらわれていたらさすがにわかるから、半分ぐらいは本気だと思っている。

なのに、うちを辞めたら、悪口を言ってまわるなんて！

「うちの給料も労働条件も、ほかと比べて、けっして悪いわけではないでしょう？」

おかしなところには、使用人がいつかない。ラーソン家は使用人の離職率がすごく低いので、そういうところから見ても、ちゃんとしていることがわかる。

「いまのところはね。だけど、これから先、給料も払わずにただ働きさせて、最後は退職金もなしに追い出したら、だれだって悪口ぐらい言いたくなるだろう」

…それは、たしかに。ヴィヴィアンだって、あることないこと、つぎの雇い先で言いふらしそうだ。

「だから、いろんなものを我慢しても、使用人の給料だけはきちんと払わなければならないんだ。彼らにも生活がある。それを脅かすのは、私の本意ではない。これは大事なことだから、ヴィヴもよく覚えておきなさい」

「はい」

ヴィヴィアンは、そのうち、お嫁に行く。嫁ぎ先は決まっているから、そこでの立ち居ふるまいを教えられているのだろう。

使用人の給料を最優先にする。

そのことを、ちゃんと記憶しておこう。使用人をないがしろにすると、あとから困ったことになりそうだ。

「だが、うちには本当に一銭も金がないんだ。私が小切手を切ったとして、それを彼らが銀行に持っていったら不渡りになってしまう。それをほかのだれかに目撃されて、ラーソン家が少額の不渡りを出していたわよ、とうわさを広められたら困る」

破産したのは事実だ。だけど、まだ、どうにかなるかもしれない。たとえば、親戚にお金を借りて、それを元手に増やして、以前ほどではなくてもある程度のまとまったお金が手元に残り、華麗に復活をとげる。

その間の苦しい時期は、だれにもばれたくない。知らん顔して、また元の地位に戻るのが望ましい。

上流階級は見栄の張りあいだ。いったん落ちぶれたら、そういうイメージがついてしまう。一部の大金持ちをのぞいては、きっと、どこの家も大なり小なり、水面下では経済的苦境に陥ったことがあるにちがいない。

それがばれたら、上流階級からは追い出される。ばれなくて自力で補填できれば、ずっとそこにいられる。

生まれたときからお金と権力があって、上流階級の社会しか知らないヴィヴィアンは、そこからつまはじきにされたくない。

なんとしても、財源を確保しないと。

「わたしは、どうすればいいの？」

　ヴィヴィアンはバカじゃない。この話をヴィヴィアンにしたということは、父親は何か頼みがあるのだ。

　できるなら、ヴィヴィアンにも知られたくなかったにちがいない。自分だけで処理できるなら、ヴィヴィアンに悟られないように金策に走っただろう。

　こんなに夜遅く、ヴィヴィアンの部屋を訪ねてきたのは、いままでどうにかしようとがんばっていたからかもしれない。それでも何もできなくて、とうとう、ヴィヴィアンに頼るしかなくなった。

　きっと、そんなところだろう。

「結婚を早めてほしい」

　父親は顔をうつむき気味にしながら、小さな声でつぶやいた。

「早めるって、いつ？」

　ヴィヴィアンには婚約者がいる。幼なじみのクリス・ミルマンだ。とてもやさしくて、ヴィヴィアンのわがままも笑って許してくれる。小さいころから仲がよくて、とても気が合った。クリスのことは、男として好き、というよりも、親友と呼ぶのがふさわしい。

　ラーソン家とミルマン家は父親よりも上の世代からずっと友好な関係を築いていたので、ヴイヴィアンとクリスを結婚させましょう、という話はヴィヴィアンが十歳のころから出ていた。これまでも、両家同士で結婚したのが何組かいるが、どれも本家筋じゃなかった。ヴィヴィアンとクリスが結婚した場合、ラーソン家とミルマン家は正式に親戚となる。もちろん、どちらかをつぶすわけにもいかないので、ヴィヴィアンがミルマン家に嫁入りをして、ラーソン家はヴィヴィアンのいとこのだれかが継ぐことになるのだろう。

どうせ、だれかと結婚しなきゃいけないのだから、だったらクリスでいいわ、とヴィヴィアンは思っていた。クリスは見た目も悪くない。ダークブロンドに青い目で、性格のとおり、やわらかい雰囲気を持っている。ヴィヴィアンより頭ひとつ分、背も高いから、並んだときにバランスがいい。

二十歳になったら結婚することになっている。正式に婚約はしていないけれど、それは手続きがめんどうだからで、ヴィヴィアンの十九歳の誕生日には婚前契約なども含めて、書面をかわす約束をしていた。

「来週にでも」

「それは…えらく急な話ね」

さすがに、もうちょっと猶予があるかと思っていた。結婚式なんて一生に一回だから、盛大なものにしたかったし、婚約という段階すら踏んでいない。

でも、こういう状況ならしょうがない。ミルマン家はお金持ちなので、後継ぎの嫁の実家が困っていたら、きっと援助してくれるだろう。

「いやなら、断ってくれていい。うちのために、おまえが犠牲になることはないんだ」

「でも、わたしが結婚しなかったら、破産するんでしょ？」

破産したら…いったい、どうなるの？　ラーソン家のだれも、いままで働いたことがない。どれだけの資産があったのかはわからないけれど、それがすべて無になることなんて、だれも想像してなかった。

父親は当主なので、たくさんある分家のめんどうも見なければならない。文字どおり、一銭もないいまの状況では、それは不可能だ。

破産することの恐怖が、じわり、とヴィヴィアンの心に忍び寄ってきた。

お金がない。

それがどういうことなのか、いままで考えてみたこともなかったけれど。

使用人の給料どころじゃなくて、食料とか生活するのに必要なものさえも手に入らなくなるということだ。

そんなの困る。

「そうだな。破産するな」

父親は静かに答えた。

「だからといって、それはヴィヴのせいではないし、きちんと管財人からの定期報告書を読んで、残金があっているかどうかを確認しなかった私が悪い。管財人からの手紙は、読まずに捨てていたんだ。私がもっとマメに銀行の預金残高を見ていれば、彼に全財産を盗まれることはなかった」

「でも…それはパパが悪いんじゃないわ。盗むほうが悪いのよ」

どう考えたって、被害者よりも加害者に罪がある。

「たしかに、あいつがすべて悪い」

父親は、ヴィヴィアンの頭を撫でた。

「だが、なくなった金は戻ってこないし、支払わなければならないものが山とある。あいつを責めてばかりいても、なんにもならない。それよりも、私は目の前にある問題を解決しなければならないんだ」

「わたしが結婚すれば、すべて解決するのね？」

ヴィヴィアンは父親を見上げる。

「ああ。だが…」

父親がつづけようとするのを、ヴィヴィアンはさえぎった。

「だったら、するわ。どうせ、早いか遅いかのちがいだけだもの。十八歳で人妻になるというのも、まあ、悪くはないわ」

親友のクリスなら、籍は入れたとしても、ヴィヴィアンが頼めば二十歳までは友達として生活してくれそうな気がする。

それは、ちょっと図々しいかしら。

「それはそうかもしれないが、ヴィヴ…」

「いいのよ、パパ」

ヴィヴィアンは、にっこり笑った。

「だって、破産したら、わたしも困るもの。食べ物もないし、いいお洋服も着られないし、このお屋敷から出て行かなくちゃならないんでしょ？」

それから、どうするの？　働くの？　何をやって？

うん、わたしには無理。だって、二十歳まではここでのんびり暮らして、そのあとはお嫁にいくのがわたしの人生設計なんだもの。その中に、破産するなんていう怖いできごとは含まれていない。

「そんなの我慢できないわ。だから、わたし、結婚する」

母親が、わっ、と泣き崩れた。いままで黙っていた母親の泣き声に、ヴィヴィアンは驚く。

る。

「ママ？　どうしたの？」
　ヴィヴィアンは立ちあがって、母親のもとへ向かった。母親は顔を覆って、泣きつづけてい
る。
「ごめんね、ヴィヴ。あなたにすべてを背負わせて」
　母親は涙声で謝ってきた。ヴィヴィアンは、わざと明るく答える。
「なーんにも背負ってないわよ。結婚を早めただけだもの。ママのときは、十八歳で結婚する
のが普通だったんでしょ？」
　母親はヴィヴィアンとちょうと二十歳離れている。母親は見た目が若々しいから、姉妹みた
いね、と言われることもあった。
　その分、こんなふうに子供みたいになるときがあって、そういう場合はヴィヴィアンが慰め
なければならない。
　そんな母親が好きだから、別に苦ではないけど。
「そうだけど…ヴィヴにはちゃんとした結婚をさせてあげたかったわ…」
　わかるわよ、ママ。わたしだって、ちゃんと結婚したかった。いや、結婚というか、結婚式
をしたかった。純白のドレスを着て、みんなに祝福されて、ヴィヴィアンが主役になるその場
が欲しかった。

だけど、こんな短期間じゃどうにもできない。

そこはもう、あきらめるしかない。

「落ち着いたら、ちゃんと式を挙げるから、そんなに泣かないで」

ぽろっと口からこぼれた言葉に、ヴィヴィアンは、なるほど、と自分で感心する。

そうか、先に結婚式じゃなくてもいいんだ。破産を免れて、両親の生活が元通りになって、ヴィヴィアンの結婚生活もどうにか軌道に乗ったら、改めて結婚式をすればいい。準備にたっぷり時間をかけて、大勢の招待客を呼んで、ウェディングドレスも生地から丹念に選び、パーティープランナーと細かく打ち合わせをして、最高の結婚式を挙げよう。

その様子を想像したら、わくわくしてきた。

うん、結婚式はいつでもできる。それよりも、いまはラーソン家の危機を救わなきゃ。

「本当にいいのね？」

母親は涙に濡れた目で、ヴィヴィアンを見た。

「ええ、いいわ」

どうして、二人ともこんなに悲観的な表情を浮かべているのか、ヴィヴィアンにはわからない。破産して、もうどうしようもない、うちは終わりだ、というのなら、そんなどんよりしているのも納得できるが、回避する方法はあるんだし。

「ごめんね、ヴィヴ」

母親がヴィヴィアンを抱きしめる。

「ダメなママたちを許してね」

いや、だからね、ママ。もともとクリスとは結婚するつもりだったんだから、そんなにたいしたことじゃないわよ。

「ヴィヴ、本当にすまないが、お相手がリビングで待っていらっしゃる。着替えて、降りてきてほしい」

父親が、そう声をかけてくる。ヴィヴィアンはすでに、ナイトウェアに着替えていた。髪をとかしたら、眠るつもりだったからだ。

「え、こんな時間に？」

「ああ。ヴィヴの意思さえ確認できれば、明日にでもうちの口座に当分しのげるだけの金を振り込んでくれるようだ」

「へえ、すごいわね」

さすがクリス。やることがすばやい。

…あれ、でも、どこから破産のうわさを聞いたんだろう。もしかして、父親が直談判（じかだんぱん）に行ったのだろうか。

それを男らしく、いいですよ、と引き受けてくれたのなら、クリスの株がヴィヴィアンの中で、かなりあがる。

親友じゃなくて、男として見ることができるかもしれない。

「わかったわ。あいさつに行く」

クリスとしても急なことだったから、ヴィヴィアンがどう考えているのかたしかめておきたいのだろう。

「ありがとう」

父親はほっとしたような、少し申し訳なさそうな、複雑な表情を浮かべた。ヴィヴィアンは、にこっと笑う。

「着替えるから、先に降りてて」

夜だし、ちゃんとしたドレスじゃなくて、簡単なワンピースにしよう。それなら、使用人を呼ばなくても着替えられる。クリスなら気にすまい。

ヴィヴィアンはクローゼットに入って、コットンのワンピースを手に取った。これだとカジュアルすぎるかしら？　でも、楽でいいのよね。

少し迷って、やっぱりそれにする。幼なじみは、こういうときに遠慮しなくていいから気が楽だ。

お化粧もしない。髪はざっくり三つ編みにした。クリスがお茶をしにきたときは、こういう格好で出迎える。少しは女らしくしろよ、とあきれながらも、クリスはいつだって受け入れてくれていた。

「そうか、わたし、クリスと結婚するんだ」

婚約者とはいえ、ずっとただの仲良しで、そういう雰囲気になったことすらないから、なんだか、ちょっと恥ずかしい。

「まあ、いいわ」

そうやって気まずいのも最初のうちだけ。クリスとなら、楽しい家庭が作れるだろう。

ヴィヴィアンは部屋を出て、廊下をまっすぐ進み、階段を降りた。リビングは玄関ホールのすぐ脇にある。

ドアをノックして、ヴィヴィアンは中に入った。

「お待たせ〜」

さすがにちょっとあいさつが軽すぎたかしら？　破産から救ってもらって、お嫁にもらってもらうんだから、もうちょっとおしとやかな感じがよかった？

なんてことを思いながら視線を動かすと、中央に置かれたソファーに腰かけてる男の姿が目に入る。ヴィヴィアンはその瞬間、目を見開いた。

なんで、こいつがここにいるわけ⁉

「ヴィヴ、よく知っているだろうが、一応、紹介しておこう。ザッカリー・ファルコーニさんだ」

「よ」

ザッカリーは片手を挙げる。驚いているヴィヴィアンを見て、にやりと笑った。

「久しぶりだな」

ヴィヴィアンは声が出ない。なんて言っていいのかわからない。

どうして？

その疑問だけが、頭を駆けめぐる。

「ファルコーニさんのところも、うちとおなじ管財人を使っていたんだが、全額を預けるなんてバカなことをせず、リスク管理でいろんなところに財産を分配していたため、まったく被害がなかったようだ。今日のお昼、あきらめきれずに事務所に行ったところで、偶然、出会ったんだ。私の話を聞いて、いたく同情してくださってな。おまえを嫁にもらえるなら、という条件で、援助を申し出ていただけたんだ」

はあ？　なんでよ。

だって、こいつ、わたしのこと好きでもなんでもないじゃない！

「俺も適齢期に入って、周りから、さっさと結婚しろ、と言われててな。ラーソン家の一粒種を嫁にもらうなら、だれにも文句を言われない。ギブアンドテイクってやつだ。まあ、おまえがこの話を断って、ラーソン家が破産したとしても、これから先しばらく、パーティーでの話題にできるから、俺としてはどっちでもいいぞ」

父親が顔をしかめた。その気持ちは、痛いほどわかる。

困っている人を脅迫するかのような物言いに、不快感がないわけがない。

ファルコーニ家はここ何代かで急速に伸びてきた、どちらかというと新興の資産家で、ラーソン家と比べると歴史がかなり浅い。資産の増やし方も、昔ながらの株を運用するのとあわせて、いろんな会社を興していると聞いていた。

働くのをよしとしない上流社会では、異端に入る。だが、最近はそういったところが増えていて、そういう家は今回の株の大暴落でも特に痛手を受けていなさそうだ。

普通に働いている分、上流階級特有のもってまわった言い方とか、いやみを上品な言葉に隠すとか、うわべだけで仲良く見せる術をことごとくバカにしていて、子供のころからずっと、こんな乱暴な口調だった。

幼かったヴィヴィアンには、それが一瞬、魅力的に思えた。だけど、大人になってまでこうだと、かなり礼儀知らずに思える。

計算づくでわざとやっていそうなところも、なんだか腹立たしい。

「ヴィヴ…」

母親が口を挟みそうになったのを、ヴィヴィアンは手で止めた。

「わたしがあなたのお嫁さんになれば、うちを助けてくれるのね？」

「ああ。ちゃんと書類にする」

「書類にするには時間がかかるでしょ。明日、お金を振り込んでくれるんじゃないの？」

そういった点をきちんとしておかないと。

「おまえが、うん、と言いさえすれば、朝一で振り込んでやるよ。そうしたら、午後には金が引き出せるようになる」

へえ、そうなんだ。知らなかった。

「パパ」

ヴィヴィアンは父親を見る。

「明日の午後にお金があれば、うちは破産しなくてすむの？」

「そうだ。だが、ヴィヴ…」

父親の言葉を、手で制した。

ヴィヴィアンは、いつかだれかと結婚しなければならない。それはクリスだと思っていたけれど、きっと、クリスの家の資産では損失を補てんできないのだ。もし、クリスと結婚することで破産を回避できるなら、こんな男を家に連れてくるはずがない。

きっとクリスの家も、今回の株価の大暴落の影響を受けている。いま強いのは、自分でも働いて稼いでいる新興のところだ。

「わたしは、あなたがきらいよ」

ヴィヴィアンは、ザッカリーをまっすぐ見て、そう言い放った。

「初対面のとき、あなた、わたしの髪の毛を、くるくる巻きすぎて気持ち悪い、クモの巣みたい、って言ったの覚えてる？」

幼心に、あれはすごく傷ついた。それまでは、ヴィヴィアンは自分の髪の毛がとても好きだったのだ。くるん、と巻いた天然パーマを指で巻きながら、なんてきれいな髪、とうっとりしていた。

手触りもウェーブも、どれも気に入っていた。

それを壊したのは、ザッカリーだ。

あの一言のせいで、わたしはストレートに異常にあこがれるようになった。くるくるした髪の毛が大っきらいになった。

…どうしてそこまで傷ついたのか、その理由なんて、思い出したくもない。

「さあ。初対面のときのおまえの印象なんてないし、クモの巣のように見えたから言っただけだろ。これだから、昔のことをいつまでも引きずる女はいやなんだよ」

ヴィヴィアンはカッとなりそうになるのを、深呼吸して抑える。

相手の挑発になんかのらない。

「そう。じゃあ、印象の薄い女をお嫁さんにするのね？」

「いまは、美人で勝ち気でわがままで生意気でじゃじゃ馬になったよ。だからこそ、乗りこなしてえ、ってやつらが、ほかにも大勢いるからな。そんな女を嫁にすりゃ、周りに自慢できる」

父親がぎゅっとこぶしを握った。それが震えている。

パパ、怒っちゃダメ。うちにはお金がないんだから。

この男を殴ったらすっきりするだろうけど、確実に破産する。

だったら、わたしも応戦するのをやめないと。少なくとも、両親に見せるものじゃない。きっと、ヴィヴィアンよりも傷つくだろう。

「わかったわ」

ヴィヴィアンは笑顔を作った。

「あなたと結婚すればいいのね？　いつ？　来週？」

「ふーん」

ザッカリーはじっとヴィヴィアンを見る。

「なるほど、空気を読むのがうまいな。頭もよさそうだ。それに免じて、今日はここまでにしておいてやろう」

ザッカリーも笑顔を浮かべた。憎たらしい言動とはまったく似つかわしくない、さわやかな笑顔。

あー、本当に腹が立つ。この男、顔だけは極上なんだもの！

「結婚は週が明けた月曜にする。それまでに書類を作って、どうやって金を渡すかなどの取り決めをちゃんとしておく。おまえは、ただ待っていればいい」

ザッカリーはそう言うと、ソファーから立ちあがった。

「それでは、ラーソンさん、失礼します」

ザッカリーは父親のすぐ脇をわざとのように通る。父親はずっとこぶしを握りしめていた。だけど、さすがに殴るわけにはいかない、とこらえている。

ヴィヴィアンのそばに来たら、殴るまではいかなくても、なんらかのことはしてやろう、とみがまえていたら、まったくヴィヴィアンの近くには寄らずに、そのままドアへ向かった。

「皆様、おやすみなさい」

おおげさに礼をして、ザッカリーは出て行った。

「ヴィヴ…」

「何も言わないで」

近づいてこようとした母親を制止する。言われなくてもわかってる。あんな男と結婚しなくてもいいことぐらい。

だから、おまえが犠牲になることはない、と繰り返して言っていたのか。クリスと結婚するのなんて前から決まっていることなのに変なの、とのんきに考えていた。

クリスが相手なら、両親があんなに神妙な様子になるはずがなかったのに。

「大丈夫よ。わたし、あの男と結婚するから」

ほかのだれにも救えないのなら、どれだけきらいでも、ザッカリーと結婚するしかない。

破産して、これまでどおりの生活ができなくなるほうが困る。それは、ヴィヴィアンだけでなく、ラーソン家全体に言えることだ。

ヴィヴィアンの身ひとつでどうにかなるなら、それでいい。

「美男美女だから、だれもがうらやましがるわよね」

ヴィヴィアンはにこっと笑う。

もちろん、それは、強がりだ。でも、見た目だけなら、自分たち以上にお似合いなカップルはいないだろう。

上流階級の中で、おたがい、一番の美貌の持ち主と言われているからだ。

「これでいいのよ」

ヴィヴィアンはうなずいた。

「ね、パパ、ママ」

両親は悲しそうな目をヴィヴィアンに向ける。きっと、二人ともわかっているのだ。

自分たちがこれまでどおりの生活しかできないこと。屋敷を売ったり、上流階級から締め出されたりするのに耐えられないこと。働くなんて、もってのほかなこと。

だから、ザッカリーの提案に乗った。いまも、ヴィヴィアンに申し訳ない、と思いながらも、どこかでほっとしているのだろう。

それでいい。

わたしはこの年まで、パパとママに育てられた。愛して、守ってもらえた。

今度はわたしの番だ。

「じゃあ、おやすみなさい」

ヴィヴィアンは最後まで笑顔で明るく、二人にあいさつをした。

明日、お金がきちんと振り込まれたら、ヴィヴィアンはザッカリーの妻になる。

まったくもって予想もしてなかった展開だけど。

それもまた、人生だ。

納得なんてしなくても、悔しくても、いらついても。

それでも、生きていくしかない。


「ヴィヴ」

翌日、ヴィヴィアンが部屋でぼうっとしていたら、クリスがいつもの笑顔で顔をのぞかせた。

「クリス！」

長年の幼なじみであり、親友でもあるクリスは、唯一、ヴィヴィアンの部屋にノックしないで入ってくる。それを、ヴィヴィアンも気にしたりしない。

ヴィヴィアンは立ち上がると、クリスに小走りで駆け寄る。そのましがみついて、ぎゅーっとクリスの体を強く抱きしめた。

こうすると、子供のころから安心できるのだ。

「大丈夫かい？」

クリスはヴィヴィアンの頭を、よしよし、と撫でる。

「大丈夫じゃないわ」

ヴィヴィアンは、ふう、とため息をついた。クリスの前では強がらなくていい。

「だろうね」

ヴィヴィアンはもう一度、クリスに抱きついてから、ぱっと離れた。

「で、どうしたの？　わざわざ、うちまで来るなんて」

つい三日前、ヴィヴィアンの部屋でお茶をしたばかりだ。さすがに、こんなに頻繁にやってくるのはおかしい。

「ヴィヴが大変なことになってるって聞いて、話を聞こうと思ってね。お父さんたちに、すごく暗い顔で出迎えられたんだけど、いったい、どうしたの？」

「結婚するのよ」

ヴィヴィアンは単刀直入に告げる。こういうときに気を遣ったり、持って回った言い方をするのが得意じゃない。その点でも、わがままだとか、気が強いとか、相手の気持ちを考えないとか言われるのだろう。

「だれが？」

「え、クリス、事情がわかったから来てくれたんじゃないの？」

正式な婚約者ではないけれど、ヴィヴィアンとクリスが結婚することは両家とも当然と思っていたので、両親がきちんと断ったのだと思っていた。それを聞いて、駆けつけてくれたのだと。

なのに、どうやら、クリスは状況を把握してないらしい。

「うちの母親が、ヴィヴが大変なことになってるのよ、早く行って慰めてあげなさい、って言うから、慌てて駆けつけたんだよ。だって、あのヴィヴが、ぼくの慰めを必要としてるってことでしょう？　それはもう大事件じゃない」

「ひどーい」

ヴィヴィアンはふくれっつらを作った。

「わたしだって、落ち込んだり、反省したり、自分のことがいやになったりすることもあるんだからね」

まあ、めったにないけど。悪い面も含めて自分が大好きなのはいいところだと、本気で思っていたりもする。

ええ、わたし、性格が悪いわよ。それがどうかしまして？

ヴィヴィアンの悪口を言っているところにわざと近寄っていって正々堂々とそんなことを言ってのけ、相手にいやな顔をさせるぐらいには、気が強いし、めげないし、へこたれない。

そもそも、当人がいる場所で悪口を言うこと自体がまちがってるんだから、わたしは何にも悪くない。そういうのは、わたしが出席してないパーティーでやってくれればいいだけのことなんだもの。

「そうか、よかった」

　クリスが笑う。青い目が細くなって、ますますやさしい雰囲気になった。

　クリスのこういうところが、一緒にいて、ほっとするのよね。いつも、悲観的なことは言わずに笑ってくれる。

　…ん？　でも、いまの、よかった、ってちがわないかしら。わたしが落ち込むことに対してよね？

　クリスの穏やかな口調にだまされるところだった。

「よかった、ってどういう意味？」

　ヴィヴィアンはしかめ面を作って、クリスにつめよる。

「ヴィヴがいつものヴィヴで。本当にすごく落ち込んで、ぼくが何を言っても、呆然とした顔をしながら、うん、うん、としか返事をしなかったら、心配だもの。そうやって憎まれ口をたたけるってことは、少なくとも元気なわけじゃない？」

　憎まれ口ってほどじゃないと思うんだけど。わたしがいつもポジティブなわけじゃない、って訴えただけで。

でも、クリスがヴィヴィアンのことをきちんと気づかってくれていたことがわかって、嬉(うれ)しくなる。

さすが、幼なじみで親友だ。

「元気っていうか、まだ自分でも、これが現実なのかどうかの実感がないのよね」

クリスには、自分の気持ちをいつわらなくていい。言葉を選ばなくてもいい。もちろん、言いすぎたりしたら、クリスはちゃんと注意してくれる。そういう信頼があるから、心のままに話せるのだ。

そして、いま口にして、初めて自分で気づいた。

そうだ、わたし、実感がないんだ。うちにお金がなくなったことも、わたしのこのウェービーヘアーをバカにして、どん底まで落ち込ませた男に嫁がなければならないことも、盛大な結婚式もせず、ウェディングドレスを着ることもなく、来週の月曜には家を出て、あのバカ男と暮らさなきゃならないことも。

だいたい、来週っていうけど、今日が金曜だから、もうあと三日しかないじゃない。

「え、三日⁉」

あまりの驚きに、ヴィヴィアンは思わず叫んだ。

あいつのところに嫁入りするのに、三日しか猶予がないとかウソでしょ！　今朝、ごはんを食べにダイニングルームに行ったら、両親はまるでお葬式かのように暗い表情で、コーヒーだけを飲んでいた。娘を売ったようなものだから、食欲がないのだろう。

だけど、ヴィヴィアンを守ったところで、結局、三人で普通に暮らすことはできないのだ。だって、お金がないのだから。それに、この取引を断ったことを知られたら、親戚中から責められるだろう。

わたしは大丈夫よ。

昨夜に引きつづいて、今朝もヴィヴィアンは、両親を心配させまいと普段どおりにふるまった。ヴィヴィアンが最初に食べるのは、フルーツの盛り合わせ。それで食欲を増進させてから、その日の気分で調理法を変える卵料理とクリスピーベーコンと大のお気に入りのトマトソテーにいくのだ。幼いころからほぼ毎日、この献立を食べている。たまに食欲がないときはシリアルに牛乳をかけたものだけですませたりするけれど、せっかく今日一日が始まるというのに、味気ない食事をしたくない。

飲み物はフレッシュオレンジジュースとコーヒー。パンは何種類か用意してもらうが、いまはバタールがお気に入りだ。あのずんぐりとした丸い形がかわいい。

だいたい、それだけでおなかいっぱいになるが、少し物足りないな、と思ったときは、クレープを焼いてもらう。熱々にバターを乗せて、フロストシュガーを散らしただけのシンプルなクレープが一番好きだ。

今日なんて、クレープを三枚も食べた。シュガーバターとバナナとホイップクリームと、最後はハムとレタスを巻いてもらった。両親は驚いたようにヴィヴィアンを見ていたものの、声をかけてこない。

たぶん、何を言っていいかわからないのだろう。

なので、今日はだれとも会話をしていなかった。そんなところにクリスが来てくれたのだ。嬉しくないわけがない。

クリスとしゃべっていると、自分の頭の中も整理できるし。

「どうしたの？」

クリスが苦笑する。

「おじさんとおばさんはもちろん、ヴィヴも変だよ。しばらく考えこんでみたり、急におかしなことを口走ってみたり。ぼく、まったく状況がつかめてないから、説明してくれる？」

「わたし、三日後に結婚するの」

ヴィヴィアンは、ただ事実を口にした。そのほうが、ちゃんと伝わるだろう。よけいな説明をくわえると、クリスも混乱するにちがいない。

「……え？」

クリスは首をかしげる。

「そうよね。え？　って感じでしょ。わたしだって、そう思うわ。なんで、わたし、三日後に結婚するんだろう」

「ぼくと…？」

クリスは自分を指さした。ヴィヴィアンは思わず吹き出す。

「そんなわけないじゃない」

あーっはっはっはっ！　と大声で笑ったら、少し落ち着いた。そんな笑い方するなんてはしたない、と、よく注意されてきたけれど、こんなときに口を押さえて、おほほほほ、なんて笑ってられるわけがないでしょ。

「なんで、わたしとクリスが結婚するのに、クリスが何も知らないなんてことが起こりうるのよ。ちがう相手に決まってるでしょ」

「え、なんで⁉」

さっきまで冷静だったクリスが、なぜか憤っている。

「うーん、なんでって言われてもねえ」

そうすると、ヴィヴィアンが落ち着いてきた。本当に、自分たちの関係はよくできている。

片方が怒れば片方がなだめ、片方が泣けば片方が無理にでも笑い、片方がうろたえれば片方がどっしりとかまえる。

おたがいの弱点を補う最強チームだ。

でも、だからこそ、クリスと結婚というのはピンとこない。いままでもずっとそうだった。

親友で、なんでも話せて、一番信頼している相手。

そういう人と結婚するのが幸せなのよ、と母親は言っていたけれど、ヴィヴィアンは心の中で、ちがうんじゃないかな、とは思っていた。

だって、まったくドキドキしないんだもの。

たとえば、クリスと初夜を迎える、なんて考えただけで、ぞわぞわ、と背中に寒気のようなものが走る。クリスは双子の兄弟みたいな感じで、まったく男を感じない。クリスだって、それはおなじだろう。

なのに、結婚したら、そういうこともしなければならない。

それ以外の点では、クリスは申し分のない結婚相手だ。おたがいをよく知っているし、一緒にいて心地いいし、気を遣わなくていい。

だけど、もしこの先、ヴィヴィアンがだれかと恋に落ちたら、クリスとの結婚を後悔するかもしれない。それどころか、クリスを捨ててしまう可能性がないとは言えない。

だって、恋がどんなものかわからないから。

もしかしたら、クリスとの穏やかな生活なんていらない、と迷いもなく思える、それほど激しい感情を覚えることだってありうる。

クリスと結婚するまで、あと二年ぐらいはあるはずだった。だから、その間にもしだれかを好きになったら、クリスにちゃんと謝って、婚約を破棄してもらおう。二十歳までだれも現れなかったら、燃えるような恋はできなかったけれど、これがいまの自分の運命だと受け入れよう、と考えていた。当然、クリスにもそれは伝えてある。

一応、わたしはあなたの婚約者ではあるけれど、好きな人ができたら、遠慮しないでいいからね。わたしもしないから。

クリスはあのとき、苦笑していた。

ぼくは、ヴィヴでいいよ。ヴィヴ以上に気が合う子も、見ておもしろい子もいないからね。

でも、それは恋じゃないわよ。

そうかもしれないけど、だからといって、ヴィヴと築いてきた十年以上の関係に勝てる子なんて見つからないよ。

そんな話をしたことを覚えている。

こういうときでも、意見は別れる。だからといって、不快になったりしないし、相手の考えを変えさせようなんて思わない。

なるほどね、そう思うんだ。

ただ納得するだけだ。

こんな相手、もう絶対に現れない。

それだけは、ヴィヴィアンも理解している。

もし恋をしていたら、ヴィヴィアンはこの政略結婚を承諾しなかったかもしれない。うちが貧乏になろうと、そのせいでクリスと結婚できなかろうと、クリスへの想い(おも)を貫いたにちがいない。

そういう意味では、クリスのことを親友としか思えなくてよかった、とほっとする。

ヴィヴィアンが逃げることで、両親どころか親戚もすべて、いわゆる没落貴族みたいな状況になって、自分でお金を稼ぐこともできないまま、行方知れずになっていただろうから。

どんなことでも話せる幼なじみ。

そのクリスには、隠す必要なんてない。

「うち、お金がなくなっちゃったの」

ヴィヴィアンは、なるべく明るく告げた。

「理由は説明してもらったんだけど、よくわからなくて」

これは本当。管財人が悪いのはわかっているが、あれだけあった資産がきれいさっぱりなくなるシステムは、まったく理解できていない。

株って、いったいなんなのよ。増える減るだけならまだしも、一文もなくなるって、ひどい欠陥商品じゃない？

「とにかくね、すっからかんなの、お金が」

「株価暴落のせいで、ってこと？」

「うーん、それもあるけど、そうじゃないこともあるみたい。でも、お金に関しては、わたし、まったく勉強してないから」

だって、教わる必要すらなかったし。家にいる間は両親に守られ、結婚してからは夫となる人が守ってくれるはずだったのだ。

「とにかく、お金がないの。で、うちに援助するから、かわりにわたしをお嫁にもらってくれる奇特な人がいてね。三日後、その人と結婚するの。なんで、三日後かっていうと、それまでにお金がないと、うちの破産が周りに伝わるからよ」

「ちょっと待って」

クリスはヴィヴィアンを止めた。

「なんで、うちに援助を求めなかったわけ？」

「求めたけど、ダメだったって聞いたわよ」

「ヴィヴ」

クリスがヴィヴィアンの手をぎゅっと握る。

「ぼく、たしかめてくる。絶対に何かのまちがいだから。ぼくが、ヴィヴを助けるから。だから、待ってて。結婚しないで」

「え、でも…」

もう午前中にザッカリーはお金を振り込んだはずだ。それを、父親はすでに受け取っているだろう。

それがどれぐらいの金額かわからないけど、クリスの家で用意できるのだろうか。

「いいから」

クリスはにっこり笑った。

「ぼくを信じて。ね?」

「…うん、わかった」

ヴィヴィアンはかすかにうなずく。

でも、そのときはめずらしく、クリスの言葉を信じることができなかった。何かの予感だったのだろうか。それとも、よっぽどのことがないかぎり、両親がヴィヴィアンを売り渡すわけがないので、クリスのところは本当にダメだったんだろうな、と昨日、納得できたからか。

クリスが何か言っても、どうにかなるとは思えない。そもそも、クリスが自分の家の経済状況を把握している気がしない。

でも、クリスはヴィヴィアンを助けたいのだ。ザッカリーのところへやりたくないのだ。

その気持ちが嬉しいから、ヴィヴィアンは口をつぐむことにした。

もし、万が一、クリスの説得で事態が動けば、それはそれでありがたいし。

「絶対に、だれとも結婚させないから」

クリスはヴィヴィアンを抱きしめた。ヴィヴィアンも、ぎゅっとクリスにしがみつく。

うん、やっぱり、こうやってると安心する。

「じゃあね」

クリスはきらきらした笑顔を作った。ヴィヴィアンを心配させないためだろう。

絶対に大丈夫。そう伝えたいのだ。

ありがとう、クリス。たぶん、無理だと思うけど、それでもわたしのためにありがとう。

ヴィヴィアンの予感は正しかった。

とても、残念なことに。

第三章

「起きろ」

布団をめくられて、ヴィヴィアンはまぶしさに目がくらんだ。さっき眠ったばかりのような気だるさの残るヴィヴィアンは、まだ起きるつもりなんかない。布団を取り返そうとしたら、その手をはねのけられた。

え、何、これ？

ヴィヴィアンは混乱する。

どうして、わたしが自分のベッドで寝ていて、無理に起こされなきゃならないの？　だいたい、だれよ、このわたしにそんな横柄な口をきくのは。

「いつまで寝てるんだ、このなまけもの」

思い出した！

ヴィヴィアンは自分を守るかのように、ぎゅっと体を丸めた。

そうだ、ここはわたしの家でも、わたしのベッドでもない。昨日、連れてこられたザッカリーの屋敷だ。

屋敷とはいっても、ラーソン家の半分以下の大きさで、最初に車から降りてその全貌を見たときには、ちょっとびっくりした。装飾もシンプル、というか、正面から見ると、玄関と窓以外、よけいなものは一切ついていない。色はグレーで、とても地味だ。いままでヴィヴィアンが訪れた中でも、屈指のお金のかかってなさ。

もし、パーティー会場がここだったら、車から降りずに帰っている。

屋敷の中も、花や絵が飾ってあったりするわけでもないし、家具も必要最小限のものしか置いていない。そのかわり、使用人は、こんなに必要なの？　と疑問になるぐらいたくさんいた。ずらり、と玄関に並んで出迎えた使用人の数は、ざっと二十人以上。ほかにも、コックやら庭師やらを足すと、三十人はいるのだろうか。ラーソン家ほどの大きさでも、使用人はその半分ぐらいだ。

貧相なお屋敷ね。

着いて早々、ヴィヴィアンはいやみを口にする。

お金持ちってホントなの？

本当なのは知っている。約束どおり、ザッカリーはとんでもない大金を振り込んでくれたからだ。

これで、生きていける…。

あのときの父親のほっとした顔と、それをヴィヴィアンに見つかったときのバツの悪そうな表情は、いまでも目に焼きついている。

でも、別に恨んだりはしていない。それが、父親の本音なのだ。そして、ヴィヴィアンだって、自分がお嫁に行かずにすんだら、きっと、父親とおなじような感情を抱いただろう。

お金の心配がなくなった安心感と、だれかを犠牲にした罪悪感。

だから、父親のことは本当に気にしていない。

うちよりもお金持ちのところに嫁ぐんだし、いまよりもいい暮らしができるわ。

そうやって、ポジティブに考えることにしていた。

なのに、ザッカリーの屋敷は自分の想像とはまったくちがっていて、ごくごく普通。いま一番お金を持っている人の住む場所とは思えない。

そんなヴィヴィアンの不満を、ザッカリーはさらっと受け流す。

家にバカみたいに金をかけて、無用な維持費を払うために娘を売り飛ばすようなやつのほうがいいのか？

痛烈ないやみ返し。

ああ、わたし、本当にこいつがきらいだわ。昔からだけど、ますますきらいになった。なのに今日から結婚生活を送るなんて、神様のいやがらせとしか思えない。

ヴィヴィアンは返す言葉もなく、だけど、しょんぼりなんてしたくないから、正々堂々、胸を張って、前を向きつづけた。

ホント、気の強い女だな。

あきれたような声とともに発せられたものは、ヴィヴィアンにとってはほめ言葉でしかない。

そう、わたしは気が強いし、へこたれない。

だから、きっと大丈夫。

…なーんて思ってたのに、初夜はやっぱり応えた。最後まで痛くて、不快で、いやがって、泣き叫んでいられれば、まだちがったかもしれない。

でも、わたしは快感を知って、それに溺れた。いまも、中にザッカリーのが入っているような感覚がある。

そんなこと、絶対に教えてなんかやらないけど。

「おまえの家なら、あーら、かわいそうなヴィヴィアンちゃん、眠いのね、寝てなさい、ですんでいたかもしれないが、うちはちがうんだよ」

うわー、本当にむかつくわ、この男！

ヴィヴィアンは顔をしかめた。

昨日、不本意にも処女を奪われたのよ。それも、一回で終わらず、いろんな体位をさせられて、体はくたくただし、心はずたぼろなの。

寝てたっていいでしょう！　そのぐらいしか、することがないんだから。

「起きろ。まあ、おまえがどうしても起きないでベッドに寝転んでいたいっていうのなら、昨日のつづきでもするか」

ヴィヴィアンはすごい勢いで体を起こす。

冗談じゃないわ！　だれが、そんなことさせるもんですか！

「起きたわよ！」

ヴィヴィアンはザッカリーをにらみつけた。

「なんなの、いったい！　わたしは疲れてるの！　なんの用もないのなら、寝かせてくれたっていいでしょう！」

…寝起きで怒鳴るのって、体力いるのね。なんだか、頭がくらくらしてきた。あー、早く横になって休みたい。

「用はある」

ザッカリーが、にやりと笑った。その表情に、不覚にも見とれてしまった。

うん、まあ、本当に顔だけはいいのよね。そこが、心底むかつくわ。

「俺は働き者だ」

へー、知らなかった。というか、あんたのことなんて、なにひとつ知らないわ。先週、うちに訪ねてくるまで、存在そのものを忘れていたぐらいよ。

…まあ、それは言いすぎだけど。

でも、たまに女関係のうわさを聞くぐらいで、本人はパーティーに顔を出したりしないので、実際に会ったのは、初対面で髪の毛をけなされたとき以来、ほぼ十年ぶりだ。

「平日は会社に行き、週末は休む。そして、今日は火曜日、平日だ。つまり？」

「会社に行くのね！」

ヴィヴィアンは、きらり、と目を輝かせる。そうか、普通の金持ちのように、ずっと家にいるわけじゃないんだ。だったら、平日のお昼は一人でいられる。

働くのも悪いことばかりじゃないわね。それなら、平日のみと言わず、週末も仕事してほしいぐらいだわ。

「何をそんなに喜んでるんだ」

ザッカリーは目を細めた。

「え、喜んでないわよ。驚いただけ」

やばい、気づかれないようにしないと。もし悟られたら、わたしの平穏な時間を邪魔しようとするに決まってる。

「だって、普通、それだけお金持ってたら、毎日会社に行くなんてしないでしょう？」

「は？　金が勝手に増えるとでも思ってるのか？　会社に行って、仕事をして、それでようやく、金が増えていくんだ」

「そんなことないわよ。株を買ってれば、自然に増えるじゃない」

そうやって、みんな、資産を増やしている。

「そうだな。バカな管財人にだまされて、その上、株の大暴落が起こって、全財産を失うようなやつはいないないもんな」

パシン！

そんな音に、はっと我に返ったときには遅かった。ヴィヴィアンは思い切り、ザッカリーの頬をたたいていたのだ。

だって。

ヴィヴィアンは、自分に言い訳をする。

ひどいことを言うんだもの。もうすでに、十分な辱め（はずかし）は受けている。両親は、自分たちの生活が保障されるかわりに娘を失い、娘の犠牲の上に暮らしていけるのだという罪悪感とともに

生きていかなければならない。その感覚がうすれることはないだろう。うすれてほしい、と、どれだけヴィヴィアンが願ったとしても。

そして、ヴィヴィアンは処女を捧げた。好きでもない相手に、何度も抱かれた。

それだけの価値がわたしにあると思ったから、お金を出したんでしょう？　それ以上、追いつめなくたっていいじゃない。

「ホント、負けずぎらいだな」

ザッカリーはまったくダメージを受けてないみたいに、平然としている。

「事実を言われたぐらいでカッとなって、俺に手をあげるとは。けど、俺はまちがったことは言ってねえぞ」

「わかってるわよ！」

ヴィヴィアンはわめいた。

「全部、あなたが正しいわ！　うちが破産しないでいられたのも、あの屋敷を手放さずにすんだのも、それをだれにも知られてないのも、あなたのおかげよ！　でも、パパはだまされたの！　まるでパパが悪いような言い方をしないで！」

「はあ？」

ザッカリーは眉をひそめる。

「悪いのは、おまえの親父（おやじ）だろ」

「なんでよ！　知ってるでしょ、あなただっておなじ…」

そこまで言ってから、はっと気づいた。

そうだ、ザッカリーだって、あの悪徳管財人にだまされていたのだ。人のことを言えた義理はない。

「あなただって、おなじ管財人を使ってたくせに」

ヴィヴィアンはどうにか気持ちを立て直す。父親をかばえるのは自分しかいないのだから、ちゃんとしなきゃ。冷静になって、理論だてて反論しよう。

「まあな」

ザッカリーが肩をすくめた。

「その人が怪しいって気づかない時点で、おなじ穴のムジナよ」

「いや、怪しいとは気づいてたぞ」

…え？

ヴィヴィアンは耳を疑う。

怪しいって気づいてたのに、お金を預けてたの？　そんなわけないわよね。こんなの、ただの負け惜しみに決まってるわ。

「だから、一切、あいつに資産運用をまかせてなんかいない」

「そんなのウソよ。だって、パパはあなたと事務所で会ったって言ってたわ」

「会ったのは本当だ。そして、おなじ管財人を使っていたのも事実。ただし、俺は、あいつから情報を買ってたんだ」

「情報を買ってた……？」

何を言ってるんだろう。よく、意味がわからない。

「あんなペテン師でも、信頼して金を預けてる人間がいるわけで、茶飲み話のひとつやふたつ、するだろうし、その中に、俺の知りたい情報がないともかぎらない。あいつは金に困って、やぶれかぶれだった。だから、俺は持ちかけたんだよ。おまえに金を預けることは絶対にないが、有用な情報を持ってきたら金をやる、ってな。そうしたら、いるものからいらないものまで、雇用主の情報を全部持ってきやがって。機密保持なんて言葉を知らないのか、それとも、そこまで金がなかったのか、どっちにしたってロクなやつじゃねえけど、それよりも、こいつを使ってるやつが一番バカだな、と俺は思ったな」

ザッカリーは肩をすくめた。

「俺は、自分の金をまかせるんなら、どんなに信用できる相手だろうと、一ヶ月に一度、かならず明細を出させるし、きちんと数字があっているのか確認するし、金の流れも把握する。そんな基本的なことをやっていれば、すっからかんになるまで金をしぼり取られることもなかったんだよ」

ヴィヴィアンは、もう言葉が出てこない。たしかに、ザッカリーの言っているのは正論だ。だからといって、いまさら、お金は戻ってこない。

それに、お金のことをいろいろ言うのははしたない、と教育されて育ってきた。

お金は、つねにそこにあるもの。そして、自分の知らないうちに、管財人が増やしてくれるもの。

そういう人生を過ごしてきて、これまでなんの問題もなかったのに、管財人を疑うわけがない。

「なんで、そんなことしなきゃいけないのよ、お金なんてあるのが当たり前でしょ、って思ってるよな」

ザッカリーに図星をさされて、ヴィヴィアンはもう開き直ることにした。お金に関しては、きっと、ザッカリーのほうが正しいのだ。お金についてみじんも考えたことのないヴィヴィアンが反論しようとしたって、うまくいくわけがない。

「そうよ」

ヴィヴィアンはうなずいた。

「だって、うちはそうだったんだもの」

「だが、そのせいで、俺が助けなければ倒産してたわけだ。それを、管財人だけのせいにするのは、無理があるんじゃねえの?」

「つまり、パパも悪いって認めればいいの?」

そもそも、なんで、こんな話になったんだろう。始まりを思い出せない。

ケンカの発端って忘れちゃうのよねえ。

たまに母親がそう言っていたけれど、よく理解できなかった。ヴィヴィアンにはかならず怒る理由があって、それを忘れたりしない。

でも、いまならわかる。

痛いところをつかれて、それをどうにかしてかばおうとしたときに、自分の本意じゃないことを口にしてしまうのだ。そこからどんどんずれていって、ますます、おかしな方向へ向かい、結局、自分が何を言いたかったのか、わからなくなってしまう。

いまのヴィヴィアンのように。

「いや、別に。俺はこう思う、って言ってるだけだから。意見を押しつけるつもりはねえよ。ただ、これだけ説明しても、まだ、おまえの両親がまったく悪くないって考えなら、おまえも頭が悪いんだな、とあきれはする」

ザッカリーになんと思われようと、どうでもいい。あきれるなりなんなり、すればいい。言い争うのはやめよう。寝起きで頭は回ってないし、どっちにしろ、ザッカリーの言ってることが正しいんだろうし、もう過ぎたことをいまさら掘り返してもしょうがないし、ヴィヴィアンがいやな気持ちになるだけだ。

「ところで、どうして、わたしを起こしたのよ」

ヴィヴィアンは話を戻すことにした。

「なんだよ、議論から逃げんのか。つまんねー女だな。自分が勝てないとなると気の強さも発揮できないなんて、興ざめだ」

むっかー。

ヴィヴィアンの中に、闘争心が湧き起こる。

あのね！　わたしは起きたばかりで、これから一日が始まるというのに不毛な争いをしたくないから黙っただけで、お望みなら、とことんやってやるわよ！

「じゃあ、言わせてもらうけど！」

ヴィヴィアンは、ザッカリーをにらんだ。

「わたしたちは、働かないで生活してるの。そういう特権階級なの。いままでの先祖が稼いできてくれたお金を投資で増やして、子孫が生きていくだけの資産を絶やさないようにしてきたのよ。自分たちでそんなことはできないから資産運用は管財人にまかせるしかないし、その管財人も先祖代々、おなじところにお願いしてきたわ。管財人も世襲制だから、子供のころから家業を手伝っているの。そうやって長い期間、おたがいに信頼関係を築いて、これまでうまくやってきたわ。なのに、急に疑うなんて、その絆(きずな)を壊す愚行なのよ」

そうよ、ザッカリーは上流階級の作法なんてわかってないんだわ。自分で会社を興して働くなんていう変わり者だから、それもしょうがないけど。

「だから、何人ものやつらが自分の金を盗まれて、破産して、行方知れずになってるんだよ。自分の金を自分で管理するっていう、当たり前のことができないんだから、しょうがねえけどな」

ヴィヴィアンは、ぐっとつまった。ザッカリーは、本当にいやなところをついてくる。

たしかに、お金をだましとられたり、信頼していた管財人に持ち逃げされたり、いつの間にか財産がなくなっていたり、といった話はよく聞く。ヴィヴィアンの顔見知りの中にもそういう人たちは何人かいて、いまどこにいるのか、まったくわからない。彼らが住んでいた家は、売られるか、荒れ果ててしまっているか、だ。

でも、それは、自分の責任だと思っていた。ちゃんとした管財人を選ばないからだ、と。

まさか、自分もおなじ目にあうなんて。

その立場になってみないと理解できないことは、たしかにある。いまはどこにいるとも知れない彼らも、破産するまで、お金がなくなることすら想像していなかっただろう。

「だいたい、管財人が世襲制って、なんだ、それ。親が金の計算が得意だからって、息子もそうとはかぎらないだろ。まあ、長い間、担当してきたなら、その家の秘密をいろいろ知ってるだろうから、めったなことではクビにならないという安心感もあるし、ちょっとぐらい無能でも、相手もバカばっかりで自分の金がどうなっているのか調べないから、いくらでもごまかせるし、世襲制でも問題ないのか」

「あのね！」

ヴィヴィアンはわめいた。でも、そこから言葉が出てこない。だって、反論の糸口が見つからないんだもの。

「お金のことは自分でしない、そういう話をするのもはしたない、っていうのが、わたしたちの常識なのよ！」

…あー、これ、ダメだわ。すぐに、カウンターくらうわ。

「だから、破産すんだな」

ほらね。わかってたのに、なんで言っちゃったんだろ。ダメだ、この路線で攻めても、勝ち目はない。

だったら、えーっと。

あ、そうだ！

「ザッカリーだって、そのうち破産するかもしれないじゃない」

一寸先は闇だ。それを、わずか何日か前に実感した。

「さっきからパパのことバカにしてるけど、パパは何もしなかっただけよ。あなたみたいに自分で全部やって、それでも破産したら、すごくみっともないわよね」

「そっか、おまえもバカなのか」

ザッカリーが肩をすくめる。

バカ⁉　だれが、バカよ！

「俺の場合、たとえ破産したとしても、それまで一生懸命働いて、資産運用も考えて、やるだけやったけど実力が足りなかった、と納得できる。それに、貧乏になったとしても再出発のために働くのも苦じゃないし、だれかさんところみたいに娘を売ってまで自分たちが楽をしようなんて一切考えない。破産がみっともないんじゃねえんだよ。破産したくせに、自分は悪くない、管財人が悪い、金はないけどこれからも楽して生きたい、働きたくない、って、前とおなじ生活をしようとしてるのがみっともねえんだ」

ガン、と頭を殴られたような衝撃を受けた。

そんな観点から考えたことがなかったけど、たしかに、ザッカリーの言うとおりだ。お金がなくなったのに、元通りの生活をしたい、苦労をしたくない、娘を売ってしまえ、というのは、まちがっている。それは、ヴィヴィアンだけじゃなく、両親だって理解している。だから、二人とも罪悪感を抱いているのだ。

でも、みっともない、とは思ってもいなかった。娘を売ってまでみんなの生活を守るなんて、貴い行為だとすら思っていた。

だけど、どうやらちがうようだ。

ザッカリーのように懸命にやって、お金がなくなったとしても、きっと後悔はないのだろう。また働いてお金を稼げばいい、とすぐに立ち直れるのかもしれない。

自分たちは、そういった方法を知らない。昔とおなじように、いまあるお金を資産運用で増やしていくしかない。

最近は上流階級でも、ザッカリーのように働く人たちが増えていた。それを、お金が足りないからだ、とバカにしていたけれど、長い目で見たら、勝ち組は彼らのほうだ。

自分たちは株の暴落が起こるたびに、資産が減っていく。特にいまなんて、ザッカリーが融資してくれただけしか残っていないから、あと何代も何もせずに食べていくことはできないだろう。

ぞわり、と恐怖で体が震えた。

何十年か後には、ラーソン家なんてなくなっている可能性もある。

「わかったみてえだな」

ザッカリーはにやりと笑った。

「まあ、これ以上、追いこんでもかわいそうだから、このぐらいにしておいてやるよ。そもそも、なんで、こんな言い争いになったのか、よくわかってねえしな」

あなたもなの⁉　だったら、こんなにつづけなきゃよかった。いやな気分にさせられただけだわ。

「とにかく、俺はどんだけ金を持ってようと、これからも働く。そして、おまえにも、なまぬるい生活なんかさせない」

「…え？」

わたしも働くの？　それはちょっと、勘弁してほしい。わたしがザッカリーの会社で働いていることがばれたら、両親が周囲にバカにされる。

「俺の秘書でもやってもらおうか」

ザッカリーはにやりと笑った。

「それとも、受付で座っててもらうか。あれは、仕事がまったくできなくても美人なだけで許されるからな」

　ヴィヴィアンは首を横に振る。いや、と口にしたいのに、のどがはりついたようになって、言葉が出てこない。

「なーんてな」

　ザッカリーが目を細めた。

「さすがに、妻を働かせる無能な亭主って烙印(らくいん)を押されたくねえから、それはやらないけど。俺が働きに出るのに、のんびり寝こけてるなんて甘えた生活も許さねえ」

　あ、思い出した。眠いのに起こされて、不機嫌なまま、不毛な言い争いに発展したんだ。だから、きっかけは、無理に起こされたこと。

　つまり、ザッカリーが悪い。

「まず、俺より先に起きろ」

「はあ？」

　ヴィヴィアンは眉をひそめた。何時に起きろとか、強要されたくないんだけど。

「俺は八時には目を覚まして、支度(したく)を始める。その前に、一杯、冷たい水を飲むんだ。それを、八時に俺のところまで持ってこい」

「いやよ」

冗談じゃないわ。なんのために使用人がいるのよ。それに、八時なんて早い時間に起きたところで、そのあと、何をすればいいのよ。

「そのあと、着替えて、八時半から食事を取る。おまえは俺より先に、ダイニングルームに着席しておけ。ああ、さすがに食事を用意しろ、なんて無茶は言わないから安心しろ」

「だから、いやって言ってるでしょ！」

なんで、無視するのよ！

「そして、十時ぴったりに家を出る。おまえは玄関で見送れ。そのあと、家に戻ってくるまでは自由にしてていい。よっぽどのことがないかぎり、俺は五時半に会社を出て、六時前には家に戻ってくるから、出迎えろ。いいな」

「いやよ」

聞くつもりがないのなら、おなじ言葉を繰り返すだけだ。

いやったら、いや。なんで、そんな時間にしばられなきゃならないのよ。

「いいか、そこの甘やかされたバカ女」

ザッカリーはヴィヴィアンを指さした。

「いままで、周囲はおまえの言うことをすべて聞いていただろう。そりゃ、そうだ。親からすればかわいい娘だし、使用人からすればご主人様だし、パーティーなどで出会うやつらは、おまえよりも階級が下だったからな。だけど、俺はちがう」

　ザッカリーは、じろり、とヴィヴィアンを見る。

「うちは代々、自分の力だけで資産を増やしていったんだ。それにともなって権力もついてきたが、そっちにはまったく興味がない。だからといって、使いどころをまちがうほどバカでもない。金も権力も、上手に使ってこそ、だ」

「じゃあ、いま使いなさいよ」

　ヴィヴィアンだって、そんな視線に負けていられない。きっちり、にらみ返す。

「お金と権力を使って、わたしに言うことを聞かせたらいいじゃない。ああ、思い出したわ」

　ヴィヴィアンは、わざとらしく、ぽん、と音と立てて、両手をあわせた。

「わたしと結婚するときに使ったんだったわね。もう、何も残ってないでしょ」

　ザッカリーは、ふむ、と腕を組んだ。

「なるほど、気が強いだけじゃなくて、頭の回転もまあまあ速いのか」

　まあまあって何よ！　失礼な！

「美人なだけのお飾りよりも、おまえみたいなじゃじゃ馬のほうが楽しいな。そんなやつが、自分の負けを認めるときの屈辱的な姿を見るのは、もっと楽しいがな」

「あら、わたし、負けたんだ？」

ヴィヴィアンは、あくまで強気だ。ここで引くのは、自分の気性にあわない。

崖っぷちに追いつめられるまで、ただ前を向いてやる。

「おまえは、金が実家に入れば、それで終わりだと思ってるだろう」

ザッカリーはにっこりと笑った。

「ええ、思ってるわ。だって、そうじゃない？」

「いままで、その金を管理してたのはだれだ？」

「それはもちろん…」

そこで、ヴィヴィアンは、はっと気づいた。そうか、管財人はもういない。どれだけの大金をくれたのかはわからないが、それを父親が管理しなければならないのだ。

でも、もしかしてパパなら…。

そこまで考えてあきらめる。

できるわけがない。株の投資法すら知らないだろう。それは、ヴィヴィアンもおんなじだ。

「理解したようだな」

ヴィヴィアンは、ぐっと唇を噛んだ。

いや、負けてなんかいられない。

「だれか見つけるわよ」

「へえ、そうか。つまり、管財人にだまされて一文なしになったから、新しくあなたが管理してくださいい、って頼みに行くんだな。それは、すばらしいことだ」

ヴィヴィアンは今度はこぶしに力を込める。どこかを強く押さえてないと、叫びだしてしまいそうだ。

わかったわよ、あなたの勝ちよ、負けたからさっさとなんでも言いなさいよ！　と。

でも、そんなことしたくない。

最後まで戦うと決めている。

「おまえが俺の妻として最低限の役割を果たさない、というのであれば、俺が信頼している管財人を紹介するのをやめる。そして、手を回して、ほかの管財人にも引き受けさせないようにする。管財人だって、バカじゃない。どっちがいま金を持っていて、どっちにつくのが有利なのか、そんなのすぐに判断できる。自分で全部やらなきゃならなくなったときに、俺の渡した金が、いったいどれだけもつかな？　一年？　いやー、無理だな。数ヶ月がいいところだろう。だが、なんと、つぎに俺に頼るには二年以上待つこと、という契約をかわしてある。つまり、おまえの親父は、娘をムダに売っただけで、たった数ヶ月で破産するわけだ」

なんて、いやな男！

ヴィヴィアンは歯ぎしりをした。

全部考えて、全部計算して、ヴィヴィアンの逃げ道をふさいでいる。

本当に本当に、こいつが大っきらい！

「おまえも意味なく、俺に処女を奪われて、感じまくって、あえぎまくって、なおかつ、離婚もできずに妻でいなければならない。そんな状況に身を置きたいのなら、勝手に反抗すればいい。さあ、どうする？」

いくら戦いたくても、ヴィヴィアンには武器が何もない。向こうはありとあらゆるものを武器にしている。

さすがにこれは、負けを認めざるをえない。

「…お水を持っていけばいいのね」

ヴィヴィアンは、がっくり肩を落とした。

「そのお水は、どうするの？　あと、わたしが八時に起きれなかったらどうなるの？」

「大丈夫だ。使用人が時間になったら起こしにくる。水も準備してくれる」

「だったら！」

ヴィヴィアンは我慢できずにわめく。

「そのまま、あなたの部屋に持っていけばいいじゃない！」

「結婚するまでは、そうしてもらっていた。だが、明日からはおまえの仕事だ。今日は見逃しておいてやる。そもそも、もう九時近いし、水も飲んだからな」

まだ九時なの？　こんな早起きするのなんて、久しぶりだわ。

ヴィヴィアンはだいたい、十時すぎに起きる。しばらく部屋でごろごろして、おなかが空いたらブランチを作ってもらって食べて、夜に楽しそうなパーティーがあれば参加するし、そうじゃなければ、家で本を読む。あまり知的には見られないヴィヴィアンだが、実は読書が好きで、自分では結構いろんなことを知っていると自負していた。

興味深い本を読んでいると、あっという間に時間が過ぎる。パーティーに参加したら、夜更けすぎまで、友達とわいわいしている。

どっちにしても、日付が変わる前に寝ることなんてめったにない。

だって、何時に起きなきゃならない、とか決まってなかったし。

なのに、明日から八時前に起こされるの？

あーあ、とヴィヴィアンは、ため息をつく。

だれが悪い、とか言いたくはないけど、これだけははっきりさせておこう。

いまごろ、うちの全財産を持って逃げ回っている管財人！　見つけたら、タダじゃおかないからね！

「あくびばかり、するな」

ザッカリーに指摘されて、ヴィヴィアンはわざと盛大にあくびをしてやった。ぐっすり眠っていたところを起こされて、ダイニングルームに連れてこられて、四人がけの簡素なテーブルにつかされ、目の前には山盛りの食事。巨大なオムレツにベーコン二枚、ハムが二枚、ソーセージが三本、ボウルに入ったサラダは取り分けるのかと思ったらそれが一人分、普通なら食後に食べるだろうヨーグルトも大きめのガラスの器に入って、なぜか目の前に置いてある。パンはフランスパン、クロワッサンと甘いペイストリーが数種類。

こんなにたくさん、寝起きで食べられるわけがないじゃない。

ヴィヴィアンは、もう一度、ダメ押しのつもりであくびをした。

そもそも、わたしは起きて二時間ぐらいしないとおなかが空かないの。いつもなら大好きな焼き立てのパンの匂いにすら、うってなりそう。

「あと、メシはちゃんと食え」

「いらないわよ」

ヴィヴィアンは顔をしかめる。

「あなたと一緒だなんて、食欲が失せるわ」

「おまえはバカだな」

ザッカリーは、ふん、と鼻で笑った。

「だれといようと、腹が減ったら、人間は食いたくなるもんだ。そして、自分が気づいてないだけで、おまえはかなり空腹状態だ」

「はあ？」

なんで、わたしのおなかの調子を他人に断定されなきゃならないのよ。空いてないって言ったら、空いてないの！

「まず、昨日の夕食をおまえは食べていない」

そうだったかしら。

ヴィヴィアンは記憶をたどる。ザッカリーに嫁入りするまでの三日間は家族水入らずで過ごした。とはいっても、穏やかにときが流れるような感じではまったくなくて、三人で集まるのは食事のときだけ。口数も少なく、会話もすぐにとぎれ、両親はいつもよりお酒を飲み、ヴィヴィアンはあまり食欲もなく、かといって何も食べないと心配されるので、いつもの半分ぐらいの量を無理やり流しこんだ。

週が明けた月曜日、ザッカリーは夕方ぐらいに迎えの車をやる、と言っていたので、ブランチを両親とともに食べた。そのときは、ヴィヴィアンはたくさんしゃべった。内容はまったく覚えていない。最後なのに静かな食卓がいやで、小さいころの楽しかったことなんかをとぎれなく話していた気がする。両親もにこにこしていた。暗い顔で送り出したくない、とがんばってくれていたのだろう。

とはいえ、体は正直で、三日間、ほとんど食べていなかったのに、フルーツプレートとアイスティーしかのどを通らない。ザッカリーの車が迎えに来たのが午後五時過ぎで、トランクひとつに荷物を詰めて、この家にやってきたのだ。

洋服やほかに必要なものは準備してあるし、足りなければこっちで買うから、よけいな荷物を持ってくるな。

そう言われていたので、お気に入りの香水と手鏡とクシと本を数冊、そして、どうしても手放したくない靴を残りのスペースに詰め込めるだけ詰め込んできた。ヴィヴィアンは足型をとって職人さんに靴を作ってもらっているが、その中でも不思議なことに、はきやすいものと足にあまりあわないものに別れる。このデザインがいいな、と思って頼んだのに、履いてみたら微妙だったり、こういうのあってもいいかも、と一度しか履かないつもりで頼んだら、思いのほか気に入ったり。そんな靴たちを傷まないようにきちんと箱に収納して、持ってきた。嫁入り道具のほぼすべてが靴だなんて、ちょっとおもしろい。

この家にやってきたら、すぐに部屋に案内されて、ほっと一息つく間もなくバスルームに連れていかれて、メイドたちに体を洗われ、そのあとは…。

うん、そうね。この何日か、たしかにわたしは何も食べてないわ。それでもおなかが空かないのは、なんだかんだ言って、ショックを受けているからだろう。

このままずっと食べずにいたら、鶏ガラみたいに痩せ細って、女としての魅力がまったくなくなり、ザッカリーもわたしを解放してくれるんじゃないかしら。それだったら、何も口にしないでがんばるんだけどな。

「あと、たしかにおまえは気が強いが、意外に繊細なところもあるから、俺との結婚が決まってから、あまり食べてないだろう」

…え、もしかして、どこからか観察してたの？

「そのうえ、昨日の激しいセックスだ。体はすでに飢餓状態にあっても不思議じゃない。それを脳が気づいてないだけだ」

「いいじゃないの、わたしが食べようと食べまいと」

ヴィヴィアンは、うんざりしたように言い放つ。

「おなかが空いたら食べるわよ。でも、いまはまだ食べたくない、って言ってるだけじゃない」

「一緒にメシを食うのも、妻の役目だ。だから食え」

「食べられないの」

ヴィヴィアンはゆずらない。

「ここに座ってるんだから、いいでしょ。真正面で、あなたが食べてる姿をじっと見ていてあげるわよ。それで役目は果たしているはずよ」

食べる食べないは、わたしの自由だ。

「わかった。そこまで言うなら、ジュースを一杯飲めば許してやる」

ヴィヴィアンは迷うふりをしたが、実際、のどは渇いている。特に、搾りたての粒が見えるフレッシュオレンジジュースなんて、ごくごく飲み干せてしまいそう。

「わかったわよ。ジュースだけね」

ヴィヴィアンは大ぶりのグラスを手に取った。

どうでもいいけど、この家の食器は全体的に大きめね。特に高級でもないし、白くて味気ない。ザッカリーのことだから、たかが食器に金をかけるなんてバカか、と安くあげそうな気はする。だれも家に招かないのであれば、他人にはわからない部分だし。

でも、ヴィヴィアンはきれいな食器が好きだ。華やかな彩りに繊細な絵つけがしてあるものを見ると、心が躍る。それに盛られた料理は、何割かおいしく感じるほどだ。

うん、やっぱり、食器って大事。そういう点でも、ザッカリーとはまったくあわない。

まあ、いいけど。別に、ザッカリーのことが好きになって結婚したわけでもないんだし、あわなくて当たり前だ。

ヴィヴィアンはグラスに口をつけると、ごくん、と一口飲んだ。少し酸味の効いたオレンジを使っているようで、口の中がすっきりする。

ごくん、ごくん、ごくん、ごくごくごく。

気づいたら、あっという間にグラスの中身がなくなっていた。はー、と息をついて、はっと唇を押さえる。

こんな下品なしぐさ、見せるべきじゃなかった。

そんな動揺を隠すべく、ヴィヴィアンは高圧的に言ってのける。

「飲んだわ。これでいい？」

「よっぽど、のどが渇いてたんだな。飲みくだす音が、こっちにまで響いてたぞ」

ザッカリーはにやりと笑った。ヴィヴィアンはカッと赤くなる。食べたり飲んだりする音を聞かれるのは、かなり恥ずかしいことだと教えこまれてきたからだ。

普段なら、音も立てず優雅にジュースを飲むことができるのに。昨日の午後から、まったくと言っていいほど水分を取ってなかったのが災いした。

それもこれも、全部、ザッカリーのせいだわ。

ヴィヴィアンは心の中でののしる。

わたしの身に起こるひどいことは、すべて、目の前のこの男が引き起こしてるのよ。

「で、どうだ？」

ザッカリーの問いかけに、ヴィヴィアンは眉をひそめた。どうだって、何に対して？

「ジュースで胃が刺激されて、そろそろ空腹を感じ始めるころなんだが」

「だから、おなかは空いてないって…」

ヴィヴィアンの言葉の途中で、ぐううう、と盛大な音が聞こえてきた。最初は、それが何かわからなかった。もう一度、ぐううううう、とさっきよりも長く響いて、初めて、自分のおなかが鳴ったのに気づく。

ヴィヴィアンは慌てて、自分の胃のあたりを押さえた。

おなかが鳴るなんて、こんな屈辱ありえない！　ヴィヴィアンぐらいの年齢の女子だと、クラシックのコンサートで少し鳴っただけでも、恥ずかしくてその場から逃げ出すぐらいなのに。

そもそも、静かな場所ではおなかが鳴らないように、少量の食べ物を口にしてから出かけるなど、ちゃんと予防策を立てている。

なのに、ぐうううううう、って何⁉　きゅるるるる、みたいな、かわいい音だったら、せめてもの慰めに…なるわけないわっ！

「すっげー音だな！」

ザッカリーは手をたたいて笑っている。どうでもいい…いや、むしろ、きらいな相手だというのに、それでも、おなかの音を聞かれるのは恥ずかしくてならない。

「いいじゃねえか、健康的で」

ザッカリーは目のはしをナプキンで拭いた。どうやら、笑いすぎて涙が出てきたらしい。

それを見て、ヴィヴィアンまで泣きたくなる。

なんで、おなかの音を聞かれた上に、そこまで笑われなきゃならないの！　いますぐ、この場を立ち去りたくてたまらない。

でも、それができないのは、さっきまでヴィヴィアンの気分を悪くさせていたいろんな食べ物の匂いが、暴力的なほどの魅力をまとってヴィヴィアンを直撃しているからだ。

焼き立てのパン、すごくおいしそう。オムレツは、まだあったかいかしら。ベーコン、ハム、ソーセージ、三種類もあるなんて贅沢(ぜいたく)よね。あと、お肉の焼ける匂いって本当に食欲をくすぐるわ。ヨーグルトはいつ食べるべきかわからないけれど、口直しにいいかもね。サラダも野菜がシャキシャキで、ドレッシングがどんなのか気になるわ。

ああ、わたし、おなかが空いてるんだ。

ヴィヴィアンはようやく理解した。

ずっと食欲がなくて食べてなかったから、体はこんなにも食べ物を欲している。怒ったふりをしてここを立ち去ったとしても、ザッカリーが出かけるまで戻ってこれないし、もしかしたら、そのときにはすべて片づけられてしまっているかもしれない。

使用人に頼んでもいいけど、そうしたらザッカリーに告げ口をされて、やっぱり食べたかったのか、おまえ、本当に負けずぎらいだな、と、からかいのネタにされるかもしれない。

…ううん、そんな言い訳はどうでもいいの。

食べたい、食べたい、食べたーい！

ヴィヴィアンはザッカリーをにらみつけた。

「わたしがおなかが空いてるの、知ってたのね！」

これは、もちろん、八つ当たり。そんなの、わかってる。

でも、ザッカリーのせいにしないと悔しいじゃない！

「最初にそう言ったはずだぞ。おまえは空腹状態だ、ってな。だから、食え。遠慮すんな」

「しないわよっ！」

ヴィヴィアンはヤケになって、ナイフとフォークをつかんだ。大きなオムレツを半分に割る。とろり、とチーズが中から出てきた。

うわあ、おいしそう！

　ヴィヴィアンはきれいな焼き色のついたオムレツに感動する。ラーソン家の料理人は決して下手ではなかったけれど、オムレツを少し焼きすぎるのが不満だった。このオムレツはきれいな黄色で、断面も、ぷるん、としている。もうちょっと早く食べ始めていたら、半熟のやわらかさも味わえたかもしれない。

　ヴィヴィアンは少し迷って、半分に切ったオムレツにフォークを突き刺した。そのまま持ちあげて、あんぐ、とかぶりつく。

　もちろん、こんな下品な食べ方、したことがない。おちょぼ口でも入るような大きさに切って、なるべく口を開けずにそっと差し入れるのだ。

　だけど、ザッカリーの前で上品にふるまうのもシャクだし、何よりも、そうやって食べたほうがおいしい気がした。

　その予想は大当たりで、とろけたチーズと卵のうまみが口の中いっぱいに弾ける。

「おいしい！」

　ヴィヴィアンが感嘆の声をあげたら、その口元から、どろり、とチーズが垂れた。

　…さすがに、これはお行儀が悪すぎる。

　ヴィヴィアンはナプキンで口元を拭くと、またオムレツにかぶりつく。四口ほどで、オムレツの半分はヴィヴィアンのおなかの中に収まった。

こんなに夢中で何かを食べたのは初めてだ。

「うまそうに食うな」

あ、そういえばザッカリーがいたんだったわ。

オムレツに夢中で、その存在を忘れていた。どれだけおなかが空いてたのよ、わたし。

どうせ、汚い食べ方だってバカにしてるんでしょ、とザッカリーを見ると、ザッカリーはやさしい表情をしていた。そうすると、端整な顔とあいまって、ものすごく高貴な雰囲気がする。

「…何よ」

ヴィヴィアンはどうしていいかわからなくて、悪態をつきたいのだけれど、そこから先が出てこない。

「いいとこのお嬢様で、オムレツにかぶりつくやつなんて初めて見た。おまえ、ちゃんとしつけされてんのか?」

そう言いながらも、なぜか、機嫌よさそうににこにこしている。そのせいでいやみっぽく聞こえない。ヴィヴィアンの反抗心も、さすがに鈍ってくる。

「いつもは、もっとちゃんと食べるわよ。でも、わたしはおなかが空いてるの」

そんなの免罪符にならないことを知っていて、ヴィヴィアンは、それで押しとおすことにした。

おなかが空いてるから、しょうがない。オムレツ以外も食べてやる。

まずは巨大ソーセージをこれまた半分に切って、それにかぶりつく。ベーコンやハムは切らずに丸ごと。パンも半分にちぎったのを両手に持って、左右交互に食べていく。サラダも葉物をフォークに何枚も突き刺して、口からはみだすぐらい頬張った。ドレッシングはオレンジの味がして、いままで食べたことのないおいしさだった。

とにかく、どれも味がいい。ラーソン家の食事と比べて、とかではなく、パーティーで出る軽食やレストランよりも、はるかにおいしいのが驚きだ。

「うめーだろ？」

ザッカリーは得意げに言い放つ。

「俺は、家とか家具とか服とか車とか、そんなどうでもいいものに金はかけねえけど、食材とコックには、惜しみなく金を使う。うまいもん食うと、幸せじゃん」

ザッカリーは、にこっと笑った。その笑顔が、あまりにも魅力的で。憎んでいると言ってもいいヴィヴィアンですら、見とれてしまう。

「だから、俺は、まずそうに食う女が好きじゃない。おまえはその点でも合格だ」

「え…」

いや、ちょっと待ってよ！　だれも、あんたに気に入られたくて、こんな食べ方したわけじゃないのよ！ それどころか、きらわれたいぐらいなのに！

なんで、こう、全部裏目に出るのーっ！

「あ、時間だ」

ザッカリーは腕時計を見ると、口元をナプキンで拭いて立ち上がった。

「俺は会社に行く。今日だけは見送りを免除してやっていい。そのままうまそうに食ってろ」

ザッカリーはヴィヴィアンのところに寄ってきて、頬に、ちゅっ、とキスをする。

「何すんのよっ！」

ヴィヴィアンは驚いて、椅子から飛びのいた。

「ああ、忘れてた。いってらっしゃい、と、おかえりなさい、のキスもしてもらう」

「いやよ」

冗談じゃない。まったくもって、ありえない。

なんで、こんなやつにキスしなきゃならないの!?

「ホントに、おまえはバカでかわいいな」

ザッカリーがヴィヴィアンの頬をなでた。ヴィヴィアンの背筋がぞわりとする。

「何度も言ってるだろ。おまえに拒否権はないんだ、って。いや、正確に言うと、拒否してもいいが、俺はおまえの家を破産させるぞ」

ヴィヴィアンはぐっと唇を噛んだ。

結局、そこに落ち着いてしまう。いま、ラーソン家には管財人がいなくて、父親がお金を管理している。このままだと、ザッカリーが言うように、そのうち、またお金はなくなるだろう。

ラーソン家の財政が安定するまで、ヴィヴィアンはザッカリーに逆らえない。

それが、身を売るということだ。

「というわけで、いってらっしゃいのキスをしろ」

しないという選択肢はない。だけど、抵抗ぐらいはできる。

ヴィヴィアンはソーセージを思い切り噛んだ。肉汁たっぷりのそれは、唇の周りに油脂成分を飛び散らせる。

ヴィヴィアンはそのまま、ザッカリーにキスをした。ぎゅう、と唇を強く押しつけて、肉汁を移す。

ザッカリーは目を見張ると、ぷっと吹き出した。

「おまえ、おもしろいな」

怒ることもなく、ポンポン、とヴィヴィアンの頭を軽くたたいて、そのまま出ていく。

ヴィヴィアンは、べーっ、とその後ろ姿に舌を出した。

あんたの思いどおりになると思ったらおおまちがいだからね！

第四章

「いらっしゃい！」

ヴィヴィアンは玄関のドアが開いた瞬間、相手に飛びついた。

「待ってたのよ」

「ヴィヴ…」

いつもならハグが返ってくるはずなのに、なぜか肩を持たれて、ぐっと体を離された。不審に思って見上げると、クリスが沈痛な面持ちになっている。

そう、ザッカリーが会社に行っている間に、ヴィヴィアンはクリスを呼んだのだ。あのまま会えてなかったことが気になっていたし、何よりも、クリスに会いたかった。

なのに、いつもの微笑（ほほえ）みじゃなくて、悲しそうな表情。

「どうしたの？」

ヴィヴィアンは首をかしげた。

「ごめんね、ぼく、絶対にヴィヴを助けるって言ったのに」

クリスが泣きそうに顔をゆがめる。

「いいのよ」

ヴィヴィアンはクリスの手を取った。そのまま、ぎゅっと強く握りしめる。

「無理だって、わたし、知ってたから」

「…え？」

「だって、クリスのところでどうにかなるなら、わたしがここにお嫁に来る話が最初から出てくるわけがないもの」

「だったら、どうして、あのとき…」

クリスはとまどった様子で、ヴィヴィアンを見た。

「クリスの気持ちが嬉しかったからよ」

ヴィヴィアンを助けようと親に交渉してくれた、そのことだけで十分だ。そのあと、音沙汰がなかったのは、どうにもできなくてヴィヴィアンにあわせる顔がないと落ち込んでいたからだともわかっている。

幼なじみで親友だ。言葉にしなくても、気持ちはつながっている。

「そうか」

クリスは少しほっとしたように、息をついた。

「ぼくがしたこともムダじゃなかったってこと？」

「うん。わたしにはピンチのときにどうにか助けてくれようとがんばってくれる親友がいる、ってことだけで、嬉しいのよ」

「よかった～」

クリスはヴィヴィアンの手を、ぎゅっと握り返す。

「ぼくはね、昨日までずっとねばってたんだ。ヴィヴをぼくのお嫁さんにしたい、それが叶わないなら、ぼくはこの家から出ていく、って脅したりしてね。でも、株が暴落した損失が、自分たちで予想していた以上に深刻だったみたいで、うちもしばらくはぜいたくができないし、使用人も減らすのよ、こんな状況だからどうしようもできないわ、わたしたちだってヴィヴのことは娘同然に思っていたし、心配もしてる、風向きが変わったらヴィヴのために何かできることがないか考えることにするから、って」

「ありがとう…」

クリスだけじゃなくて、クリスのご両親のやさしい言葉に涙がこぼれそうになった。だけど、ここで泣くわけにはいかない。クリスを心配させてしまう。

「わたし、待ってるわ」

もちろん、そんな簡単なことじゃない。ザッカリーからもらった莫大な資金を返却して、なおかつ、ラーソン家が困らないだけのお金を用意してくれるなんて、よっぽどの資金力がないと無理だ。

クリスのところだって株で損失を出していて、それを埋めるだけでもかなりの年月がかかるだろう。ヴィヴィアンの父親がうまく資金繰りをして、ザッカリーに自力で返せるようになればいいけれど、それには何年もの月日が必要にちがいない。

でも、なんの希望もないよりかは、いつかここから救い出してもらえる、と思っていたほうが、心が落ち着く。

一生、ザッカリーに囚われているなんてごめんだ。

「うん、待ってて」

クリスはヴィヴィアンを抱き寄せた。ぎゅう、と抱きしめられて、その温かさにすさんでいた心が丸くなっていく。

「ヴィヴにあわせる顔なんてないと思ってた」

クリスがヴィヴィアンの背中を撫でた。

「だから、もうぼくはヴィヴに会う資格なんてないんだ、と」

「そんなことないわよ」

ヴィヴィアンはやさしくささやく。

「クリスはいつだってわたしの味方だって知ってるもの。それに、今回のことはクリスが悪いわけじゃないわ。クリスがそんなに落ち込まなくていいの」

「でも…」

クリスはヴィヴィアンの顔をじっとのぞき込んだ。

「ヴィヴはもう…」

その表情だけで、何が聞きたいかわかってしまう。できるなら、答えたくない。そして、クリスにウソをつきたくない。

だけど、ここはずるく立ち回らせてもらおう。本当のことを言ってクリスを傷つけるぐらいなら、いくらでもごまかす。

「まだよ」

ヴィヴィアンは、にこっと笑った。

「昨日の夜だから、ここに来たの。準備で疲れてるからって、部屋にこもって鍵をかけて寝たわ。ザッカリーもわたしにはあまり興味ないみたいで、寝室に訪ねてもこなかったし。もしかしたら、このまま、何もされないですむかもしれないわ」

昨日、何時間も貫かれて、いまもザッカリーが中にいるみたいなの。

そんな本当のことを告げる必要はない。

「そうなんだ！」

クリスの顔が、ぱっと輝いた。

「よかった！　ぼくは、ヴィヴが好きでもない男にひどいことをされたんじゃないかと、昨日の夜心配し過ぎて、一睡もできなかったんだよ」

「大丈夫よ」

ヴィヴィアンは大きくうなずく。

「これからも、いろんな作戦を考えてるから。クリスが迎えに来るまで、わたし、がんばるわね」

「だったら、ぼく、いますぐにでも動き出すよ。ヴィヴは汚れちゃだめだ。いつまでもきれいなままでいてほしい」

汚れる。

その言葉に、一瞬だけ、気持ちが沈んだ。

そうか、わたし、汚れてしまったんだ。一回だけじゃない、何回も中に出されて、いやがるどころか喜んで、あえいで、あそこをびちゃびちゃに濡らしながらすべてを受け入れた。

でも、望んだわけじゃない。ザッカリーにそうさせられたのだ。

体は汚れたけど、心は汚れてない。

だから、わたしは大丈夫。

「ありがとう、クリス」

クリスがいて、本当によかった。親友の存在は、とてもとても心強い。

「感動的な場面だな」

その言葉のあとで、パンパン、とどうでもよさそうな拍手の音が響いた。ヴィヴィアンは目を見開く。

…え、どうして？　会社に行っていて、五時までは帰らないんじゃなかったの⁉

クリスはヴィヴィアンを離すと、自分の後ろにかばうようにして立ちはだかってくれた。

こういうところが、信用できる。

「ザッカリー・ファルコーニ」

クリスがいままで聞いたこともないような低い声で、ザッカリーの名前を呼んだ。

「なんだ、クリス・ミルマン」

ザッカリーは余裕しゃくしゃくな感じで返事をする。

「ぼくは、おまえからヴィヴを取り戻す。今日は、その宣告に来たまでだ。ヴィヴは何も悪くない」

「そうだな。俺に黙っておまえを呼んで、玄関先で抱き合うなんていう、ハタから見たら不貞の証拠でしかない行動を取るなんて、昨日、結婚した新婦ならだれでもやりそうなことだ」

「ちがうわよ！」

ヴィヴィアンはクリスの後ろから出て、ザッカリーを見た。

「クリスは幼なじみで親友なの。わたしはクリスを男として見てないし、クリスだって、それはおなじよ。わたしにとってクリスは、女友達みたいなものだわ。だから、不貞になんかならない。クリスを訴えたら、許さないから！」

たしかに、ヴィヴィアンが浅はかだった。どうして、使用人がザッカリーに密告する可能性を考えなかったんだろう。家に堂々と呼ぶなんて、どうかしてた。

それも、使用人がいる前でハグして、ザッカリーから逃げるための作戦を普通に話していた。いざ裁判になったら、ヴィヴィアンとクリスは完全に負ける。

ここは、ヴィヴィアンがどうにかしなきゃ！

「訴える？」

ザッカリーは、ふん、と鼻を鳴らした。

「俺より貧乏なやつから金をぶんどる趣味はねえな。ただ、目ざわりだから、二度と俺の前に顔を出すな。幼なじみだかなんだか知らんが、見た目は完全に異性同士の交友だ。おまえが俺に勝てると思ってるなら、とことん対抗すればいい。言っとくが、俺はコネも権力も金も、おまえの何十倍も持ってるからな。刃向かったら、それを躊躇（ちゅうちょ）なく使わせてもらう」

クリスは何も言わない。それが、この二人の現在の立場を表している。

つまり、ザッカリーの言うとおりなのだ。

「ちょっと、ザッカリー…」

「おまえは」

ザッカリーはいままでにないほど冷たい目で、ヴィヴィアンを見下ろした。

「俺をなめてる。嫁に来た翌日に男を招き入れるなんて、そんなこと普通ならできるわけがない。だから、いまから、その体にたっぷり思い知らせてやる。俺を怒らせるとどうなるか、をな」

「やめろっ！」

クリスが我慢しきれない、といった感じで叫ぶ。

「ヴィヴはまだ清らかなんだ！　ヴィヴに手を出すなら…」

「清らか？」

ザッカリーが目を細めた。

こんなに意地悪な表情ってあるんだろうか。

ヴィヴィアンの背筋が凍りそうになる。まるで、獲物を狩る肉食獣の目だ。

「こいつは、昨日、俺に何度も何度も精液を注がれて、もっとちょうだい、もっとして、ああ、いいわ、もっと奥にきて、おっぱいも好きなの、乳首を吸って、って、ずっと言ってたぞ。それが清らかねえ」

「ふざけんな！」

クリスがザッカリーを殴ろうとこぶしを突き出した瞬間、どこにいたのか、クリスの左右から屈強な男が二人出てきて、クリスの体をぐっとつかんだ。どうやら、ザッカリーにはボディガードがいるらしい。いままで、その存在を感じたことがなかったから、かなり有能なのだろう。

「取り消せ！　ヴィヴを冒瀆（ぼうとく）するな！」

「じゃあ、本人に聞いてみろよ」

ザッカリーはヴィヴィアンを指さす。クリスは自信満々にヴィヴィアンを振り返った。

「ヴィヴ、言ってやれ。この男の言うことはウソだって」

ヴィヴィアンはすっと視線を落とすことしかできない。それが答えになることを知っていても、これ以上のウソはつけなかった。

だって、ヴィヴィアンが否定すればするほど、ザッカリーはつぎつぎと証拠を出してくる。

これ以上、昨日の痴態をばらされたくなかった。

「ごめんね…」

ヴィヴィアンは小さくつぶやく。顔は、やっぱりあげられない。

「そいつを家まで送れ。そして、おまえは、俺と来い」

「ヴィヴ！　ダメだ！　抵抗しろ！」

クリスの叫び声は、すぐに消えた。家から連れ出されたのだろう。

「おしおきの時間だ」

ザッカリーに腕をつかまれても、ヴィヴィアンはうなだれるしかない。

一番知られたくない人に、ヴィヴィアンがもう処女じゃないことがばれてしまった。

そして、それを声高に主張した本人は、なぜか激怒している。

だから、ヴィヴィアンに逃げ道なんてない。


「脱げ」

寝室に引きずるようにして連れてこられて、ベッドに投げ出された。ヴィヴィアンはザッカリーをにらみ返す。

「ふざけないでよ」

「ふざけてるのは、どっちだ」

ザッカリーは冷たい目でヴィヴィアンを見下ろした。

「ここは俺の家だ。俺の許可なしに、勝手にだれかを連れてくるなんて論外なんだよ。それも、セックスのよさを知った翌日にあわよくば浮気しようとするなんて、おまえは最低だ」

「バッカじゃないの！」

ヴィヴィアンはわめく。

「さっきも言ったけど、クリスのことを男として見てなんかないわ！　クリスは幼なじみで親友なのよ！　そんな気持ちがあるわけないでしょ！」

「はあ？」

ザッカリーは眉をひそめた。

「なに、寝ぼけたことをぬかしてんだ。男女で親友とか、そんな無理ある設定、だれが納得するんだよ」

「だって、本当なんだもの」

ヴィヴィアンは声のトーンを落とす。

こいつにはわからない。男と女でも友情が成立することを、きっと一生理解できない。

そう思ったら、気の毒になってきたからだ。

そもそも、友達になるのに性別なんて関係ない。気が合って、おたがいを思いやって、相手にいいことがあったら純粋に喜び、悲しいことがあったら心から涙する。そこには、ねたみなんてひとかけらもない。

それが、ヴィヴィアンの考える親友だ。そして、いままで、親友だと思えたのは、クリスしかいない。

上流階級なんて、そんなに広い社会じゃない。パーティーに出席する人たちは、ほぼメンツがおなじだ。幼なじみと呼べる子も、何人もいる。

だけど、心を許せて、なんでも話せて、相談できて、信頼できるのはクリスだけだ。

だから、今日だってクリスを呼んだ。ザッカリーにひどいことをされて傷ついた心を、クリスに癒してほしかったから。

それは、愛情じゃなくて友情。

だって、もし、わたしがクリスに恋していたら、ザッカリーに処女を奪われたことに絶望して、二度とクリスと顔をあわせられない、と嘆いていただろう。会いたいなんて、思うわけがない。

ヴィヴィアンは気が強いだけじゃなくて、プライドも高い。

かわいそうに。

そう思われるのは、我慢できない。

それでも、クリスにだけは弱いところを見せられる。幼いころからなんでも話してきたから、いまさら恥ずかしいなんて思わない。仲のいい兄妹みたいな感覚だ。

あ、そうか、親友なだけじゃなく、家族でもあるんだわ。

ヴィヴィアンは納得した。

クリスは、幼なじみで親友で家族。とってもとっても大事な人。

「ホント、おまえは頭が悪いな」

ザッカリーが、ふん、と鼻を鳴らす。

「おまえが、クリスは友達なの～、と頭の中を花畑にしながらほざいたところで、向こうは、やばい、やりてえ、こいつ胸でけー、揉みてえ、いや、それじゃ足らねえな、中にぶちこんでやる、としか思ってねえに決まってんだろ」

「あわれね」

ヴィヴィアンは静かに告げた。怒りは湧いてこない。ザッカリーにはそういった関係の相手がいないから、下世話な考えしか浮かばないのだ。

本当にかわいそう。

「あなた、友達いないんでしょ」

「いるっての」

ザッカリーはヴィヴィアンがムキになって反論してこないのが不審なのか、首を少しかしげた。

「ただし、みんな、男だけどな」

「女性は友情の対象にならないってことね」

ヴィヴィアンも、クリスがいなければおなじように思っていたかもしれない。でも、性別を超えた友情は、たしかにある。

「そうだな」

ザッカリーはうなずいた。

「好みの女とは、ちょっとしゃべったらそのままベッドに誘うし、好みじゃない女とはしゃべる時間すらムダだ。友情なんて育む暇さえない」

ザッカリーらしい、と、ちょっと笑いそうになる。あまりにもろくでなしすぎて、そして、それが終始一貫しているので、なんだかおかしくなってきた。

この世にはクリスのようにやさしくて繊細でいつでも寄りそってくれるような男性もいるし、ザッカリーのように他人の気持ちを考えず、自分の欲望だけを押しつけるバカもいる。

男だから、とひとくくりにしたくない。

クリスとザッカリーは、まったく別の人種だ。

だから、ザッカリーは、ヴィヴィアンとクリスの関係をこれからもずっと理解できないだろう。

「これ以上、説明してもムダみたいね。とにかく、クリスはただの友達。お友達に会っちゃいけない、なんて言われてないわ」

「会っていいとも言ってないだろ。そもそも、他人を招待したければ、俺に断るのが筋ってもんだ。ここは俺の家なんだからな。それをしなかったのは、多少なりともやましいところがあったからじゃないのか」

ぎくり。

ヴィヴィアンは内心のうろたえを顔に出さないように平常を保とうとする。

その観点から責められたら、ヴィヴィアンのほうが弱い。たしかに、ザッカリーに見つからないようにこっそり会おうとは思っていた。でもそれは、正々堂々とクリスを呼ぼうとしたところで、ザッカリーが許してくれるとは考えられなかったからだ。

それに、ザッカリーが出かけている間は自由にしてよかったはず。親友と会って、何が悪いの。

そうよ、別にわたし、悪いことしてないわ。

「じゃあ、つぎからは許可を取るわね」

ヴィヴィアンは、にっこりと笑った。

「あなたが働きに出ている昼間、クリスを呼びたいときは、友達を呼びたいんだけど、って言えばいいんでしょ？」

「ああ、聞いてくれればいい」

ザッカリーも笑顔を浮かべる。

あら、こんなにスムーズにことが進むなら、最初からちゃんと話し合えばよかった。ザッカリーもそこまで頭が固いわけでもなさそうだ。

「一生、許可なんて与えないがな」

「なんでよ！」

さっきの見直した、ほんのちょっとの時間すら返してほしい！　やっぱり、頭の固いバカ男だったわ。

「おまえ、さっき、あいつの言ったこと聞いてただろ。あいつは、おまえを取り返したいんだよ。俺に奪われたのが悔しくて、金もないくせにどうにかしようとしてる。そんな相手を、自分のいない家にあげて歓待するバカがどこにいる」

「あれは…」

そうか、それもあった。ザッカリーの言うように、クリスは本気でヴィヴィアンを助けようとしている。ヴィヴィアンがザッカリーに処女を奪われたことがばれたし、それで落ち込んだ様子も見せてしまったから、いまごろ、自分のことのように痛みを感じているだろう。

どうにかしないと。

そう考えて、動いてくれるに決まってる。

となると、ザッカリーにとってはやっかいな相手だ。自分がいない間にヴィヴィアンと会うのは許せないだろう。

ああ、もう！　クリスも頭に血が昇っちゃったんだろうけど、ケンカ売るようなこと言わずに、こっそりどうにかしてくれればいいのに！

さすがに、これは反論できない。ザッカリーにおとなしく従うしかない。

クリスに会うとしたら、見つからないような方法を用心深く探すしかない。

「…わかったわ」

ヴィヴィアンは、わざと悔しそうな顔をする。

「クリスとは会わない。それでいいわね」

「おまえが、そんなに簡単に俺の言うことを聞くような性格じゃないことはわかってる。いまも、じゃあ、こっそり会おうっと、なんて気軽に考えてるだろ。だから、釘(くぎ)を刺しておく。あいつともう一度、会ったら、あいつの前でおまえを抱いてやるからな」

「……は？」

何を言ってるの、この人。まったく意味がわからないんだけど。

そんなこと、絶対にさせない。

「それと、いまから、浮気しようとした罰を与える。服を脱げ」

「だから、いやだって言ったでしょ！」

浮気なんてしていない。罰なんて受ける必要がない。

「服を、脱げ」

ザッカリーの声が低くなった。その視線は、ヴィヴィアンを射抜かんばかりの強さだ。

ぞわり、とヴィヴィアンの体に悪寒が走る。

どうしよう、わたし、逆らえないかもしれない。

「自分から服を脱いだら、少しは手加減してやる。だから、早く脱げ」

ヴィヴィアンは唇を噛んだ。

ザッカリーは、どうやら本気らしい。そして、わたしはそんなザッカリーに気圧(けお)されている。

いやよ、と言葉にできなかった。

ヴィヴィアンは震える手で、洋服に手をかけた。

ヴィヴィアンが洋服をすべて脱いだあと、ザッカリーはヴィヴィアンの両手をあわせて、これも罰の一種だ、と言いながら、やわらかい布で縛った。圧迫しないようにか、肌との間に隙間があるので、こっそり抜こうとすればどうにかなるかもしれない。

そのまま、おとなしく待っとけ。

そう言いおいて、ザッカリーは出て行った。その間に、ヴィヴィアンはどうにか腕の布を外そうとがんばる。腕が使えないのは、やっぱり不安だ。それに、当たり前だけど、縛られている感覚が好きではない。

だけど、紐はゆるくもならず、きつくもならず、結び目もまったく動かない。特殊な縛り方をしているのだろう。

「ほどけねえだろ」

ザッカリーが戻ってくるなり、にやりと笑いながらそう告げた。ヴィヴィアンがどう行動するか、お見通しということだ。

それでも、絶対にほどけない自信があったから、ヴィヴィアンを放置した。

ホント、やなやつ。

ヴィヴィアンは胸の中で、そう吐きすてた。

だけど、ここはザッカリーの情に訴えるしかない。

「お願い…ほどいて…」

ヴィヴィアンは弱々しい声で頼む。

「こんなことしなくても、おとなしくするから」

実際、逆らうつもりはなかった。ヴィヴィアンが抵抗すればするほど、ザッカリーは意地悪をしてくる。ヴィヴィアンを抑えつけるのが楽しいだろう。

きっと、何もせずにいたら、つまんねえ、とぶつぶつ言いながら、さっさと終わらせてくれるにちがいない。

「いやだ」

ザッカリーはひとことでヴィヴィアンの望みをはねつける。

「ついでに、縛るのは手だけじゃないぞ」

ザッカリーは黒い太めの布をヴィヴィアンに見せつけた。もしかして、これを取りに行っていたのだろうか。

「どこ…を…」

手以外だと、足ぐらいしか思い浮かばない。だけど、両足をそろえて縛ると、これからすることの邪魔になるだけだ。

「目」

ザッカリーは無邪気な笑顔を浮かべた。言っている内容とその表情が、まったくあっていない。

それがよけいに怖い。

「目…？」

「人間、どこかの感覚が失われると、それとは別の部分が鋭くなるんだってさ。だから、暗闇の中で、これから俺がすることをしっかり感じてもらう」

「いやよ！」

逆らわない、と決めていたはずなのに、それはもろくも崩れる。だって、目隠しなんてされたくない。何も見えない状況で、ザッカリーに自分のすべてをさらけ出したくない。

これは、本能的な恐怖だ。

「そりゃ、いやだろうな」

ザッカリーは目を細めた。

「だが、関係ない。やってもらう」

「いやって言ってるでしょ！」

　ヴィヴィアンはすばやくベッドから降りた。そのまま、ザッカリーにつかまらないようにドアまで走る。

　うまくザッカリーの横をすりぬけた、と思った瞬間、後ろからがしっと腰をつかまれた。

「離してよっ！」

「離すと思うか？」

　ザッカリーが耳元でささやく。

「ベッドまで行って、おまえと格闘しながらこれをかぶせるのがめんどくさいから、わざわざ、ここで待ってたんだよ。立ってるときのほうがかぶせやすいしな」

　何を、と聞くまでもなかった。ヴィヴィアンの視界が、黒いもので覆われる。布だと思っていたのは、ゴムのように弾力があった。ヘアバンド状になっているのか、あっという間に目の周りに巻かれる。

「やだっ！」

　ヴィヴィアンは慌てて、それを取ろうとした。目を覆われても完全な暗闇ではないけれど、ぼんやりとした輪郭が見える程度。ザッカリーも影みたいになっている。

「それを取ったら、一切、視界に何も入ってこない厚い布を巻くぞ。さすがに真っ暗闇だとかわいそうだから、メッシュ素材にしてやったんだ。そんな俺の温情をムダにすんのか？」

そんなの、温情でもなんでもないっ！

縛られた腕を目元まで持っていって、だけど、そこでヴィヴィアンは手を止めた。本当に何も見えなくさせられたらどうしよう、という恐怖心が湧いてきたからだ。

こんなにうすぼんやりしていても、何がどこにあるのか一応見えるのと、完全なる暗闇。そのどちらかをどうしても選ばなければならないとしたら、いまの状況のほうがまだマシだ。

「ちょっとはかしこくなったか」

満足そうなザッカリーに、このまま目隠しをむしりとってやりたい衝動に駆られたけれど、そうするとますますひどいことになるのは昨日からのことでわかっている。

おとなしくすると決めた。逆らうことがザッカリーを喜ばせているのも理解している。だから、ここは我慢しよう。人形のように微動だにせずにいたら、ザッカリーもつまらながって、何もしてこないかもしれない。

ヴィヴィアンは返事もせずに、手を下ろした。ザッカリーが、ふーん、とつぶやく。

「そうきたか。まあ、いい」

ザッカリーは、ひょい、とヴィヴィアンをお姫様抱っこした。そのまま、ベッドに連れていかれて、ぽすん、と落とされる。

ヴィヴィアンの体が自然に揺れた。

「おっぱいが、ぽよんぽよん、波打ってるぞ。やっぱ、ヴィヴィアンぐらいでかいと、いろいろ楽しいな」

カッと顔が赤くなる。だけど、何も言わない。おっぱいも隠さない。

「へえ、おもしれえな」

無反応なヴィヴィアンに、ザッカリーは、ぼそり、と告げた。本当におもしろがっているのか、それとも、つまんねえな、と思い始めてくれているのか、表情が見えないからわからない。いまだけ、この目隠しを取りたい。

無理だけど。

「さーて、と」

ザッカリーの声が少し遠くなった。ヴィヴィアンから離れたのが、影が小さくなったことからもわかる。

「おしおき、受けてもらうか」

また声が大きくなった。ザッカリーが言っていたように、視覚に頼れないせいで聴覚がいつもよりも鋭くなっているかもしれない。

「これから、俺は何をするつもりでしょう？」

まるで歌うかのような口調でザッカリーが問いかけてくる。ヴィヴィアンは口をつぐんだままだ。それは、なんの反応もしないヴィヴィアンに飽きて、おしおきをさっさとやめてくれればいい、と願っているから。

「あっそ。そういう態度なのか。じゃあ、さっそくやってやるよ」

カラン、と澄んだ音がした。でも、さすがに、それだけでは何をしようとしているのか把握はできない。

「体には無害なものだから安心しろ」

そう言われて、唇に何かが当てられる。最初は、何がなんだかまったくわからなかった。無害だと言われても、そんなの信じられない。口の中に知らないものが入ってくるのは怖いに決まってる。

小さく悲鳴をあげそうになったのを、ヴィヴィアンはどうにかこらえた。唇をぎゅっと結んで、正体不明のものを受け入れまいとがんばる。

「すげーな」

ザッカリーは感心していた。

「いまだに声を出さねえとは。もし、俺が目隠しされて、こんなもの置かれたら、すごい勢いで逃げ回るけどな」

やっぱり、無害なんかじゃないのね！

でも、負けたくない。ヴィヴィアンは必死に心を落ち着かせる。動揺したら、おかしな行動をとってしまうかもしれない。

とにかく、平静を保ってなきゃ。

「動かすぞ」

ザッカリーの言葉とともに、唇に当てられたものが上に滑った。

「ひっ……！」

我慢しきれずに、ヴィヴィアンの唇から声がこぼれる。でも、恐怖でじゃない。

ちょっと、これ何！　すっごく冷たいんだけど！

さっきまで緊張していたせいか、その冷たさを感じなかった。でも、いまはかなりわかる。

またそれが下に滑って、唇を上下にこする。液体のようなものが唇の隙間から入ってきた。

やだ、何これ…。耐えなきゃいけないんだけど…正直、怖い！

「いやっ……！」

ヴィヴィアンはとうとう、顔をそらしてしまった。ザッカリーが勝ち誇ったように笑う。

「なんだ、結局、すぐに音を上げたのか。まあ、知らないものを飲まされたら怖いもんな」

「それ…何…」

顔を動かしてベッドシーツで唇をぬぐってから、ヴィヴィアンは聞いてみた。

「氷だよ。だから、体に害はないって言ったんだ。おまえの体温で溶けて、水が口の中に入っただけ。心配するな」

「氷…？」

なんで、氷なんて持ってきたんだろう。冷たい飲み物でも飲むのだろうか。

「これで、おまえの全身をマッサージしてやる」

ザッカリーがそう口にしたとたん、ヴィヴィアンの体に、ぞわっ、と鳥肌が立った。

冗談じゃないわっ！　なんで、そんなことされなきゃならないのよっ！

「目隠しして、感度もあがってるだろうから、楽しみだな。たとえば、ここに」

ザッカリーは言いながら、氷を首筋にずらす。

「ひぃっ…ん…」

冷たい！　そして、ぞわぞわ感がひどくなった。

「置くと、ただ冷たいだけだろうけど。これをずらしていって」

氷がそのまま降りて、鎖骨へと滑る。

え、もしかして…。

「やだっ…！」

　ヴィヴィアンは体を激しく左右に揺らした。こんな冷たいものが当たったら、自分でもどうなるのかわからない。

「うん、やっぱ、そうやって抵抗してるほうがやる気が出てくるな」

　ザッカリーの声が弾んでいる。そう思わせたくなかったから、がんばっていたのに。さすがに氷に耐えるほどの強さはない。

「やめてっ……！　ほかのことならっ……」

「バカか」

　ザッカリーは冷たく言い放った。

「おまえが二度とあの男に会いたくならないように、絶対に忘れないおしおきをしてやるんだよ。やめるわけないだろ」

　ザッカリーの声が近くなって、耳元に息が吹きかけられる。

「これから、おまえの乳首に氷を当ててやる。そのあとは氷を転がして、乳輪も乳首も愛撫してやるからな。ああ、大丈夫。冷たすぎないように、時間とかは考えてあるから。俺はこういうの慣れてるから、安心しろ」

「やっ…いやっ…」

　さすがに我慢できなくなって、ヴィヴィアンは縛られた腕でおっぱいを隠そうとした。その前に手をつかまれて、頭の上で押さえつけられる。

「手はそこから動かすな」

ザッカリーが耳たぶを軽く噛んだ。それだけで、ヴィヴィアンの体が少し跳ねる。

「もし動かしたら、乳首だけですませてやる予定が、もっとちがうところにも氷がいくことになるぞ」

もっとちがうところ。

そこがどこかわからないほど、ヴィヴィアンも鈍くない。

ヴィヴィアンはぎゅっと両手を握りあわせた。もうこうなったら、乳首だけで終わるように耐えるしかない。

ヴィヴィアンが観念したのがわかったのか、鎖骨をくるくると動き回っていた氷がもっと下へ向かった。胸のふくらみをなぞっていく。

「あっ…んっ…」

氷が近づく。どんどんと目的の場所へ。

もうちょっと、というところで、一瞬、冷たさが消えた。もしかして、全部溶けてなくなったのかも、とかすかな希望を抱いた瞬間に、乳頭を、つん、と冷たいものがつつく。

「はぁぁん…！」

ヴィヴィアンは体を大きくのけぞらせた。最初は冷たく感じた氷が、なぜか、どんどん熱くなっていく錯覚を覚える。じん、じん、と乳頭がうずき始めた。

「さすがに、すぐにとがったな」

ザッカリーが嬉しそうにつぶやく。

「ぴん、と勢いよく突き出してるぞ」

「知らなっ…」

ヴィヴィアンは首を振った。こうなると、見えてないことがありがたい。自分の乳首がどうなっているのか、直視しないですむ。

「限界まで硬くしてやろう」

ザッカリーが氷で、つん、つん、と乳首をつついた。そのまま、ぐるり、と乳輪をなぞる。

「ふぇっ…いやぁん…」

指や舌とはちがう温度と感触に、ヴィヴィアンの体が何度も跳ねた。体温で溶けていくのか、水滴が乳首から、すーっ、とおっぱいのあらゆる方向へ流れる。それが、なんともいえないくすぐったさをヴィヴィアンに与えた。

「あぁん…やっ…ひぅ…」

氷もどんどん形を変えているようで、当たる面積が一定じゃない。とがっていたり、ちょっと凹凸があったり、つるりといていたり、狭かったり、広かったり。乳首へ触れる部分がまったくちがうので、身がまえることもできない。

ザッカリーは氷で乳首を上下にこすり始めた。乳首の奥のほうから、ぎゅうっ、としか表現できないような、おかしな感覚が湧き起こる。

これは表面的じゃない快感を引き出されたせいだ、というのは、昨日の件で理解させられた。

ふるん、ふるん、と乳首を揺らされて、ヴィヴィアンの腰が浮き上がる。

「はぁ…ん…あっ…だめっ…やぁっ…」

「気持ちいいんだろ」

ザッカリーが、ふふん、と笑った。

「両方、やってやるよ」

両方…？

その疑問は、すぐに解決する。もう片方の乳首に氷が当てられたのだ。

「いやぁぁ…ん！」

まさか、氷が何個もあるとは思ってなかった。溶けたら終わりだと思っていたのに。

リズムを刻むようにおなじ速さで、両方の乳首を氷で転がされる。

「あっ…あぁっ…やっ…いやぁ…」

氷はすばやく移動して、冷たさを乳首全体に広げていく。だけど、一箇所にとどまることはなくて、体温が戻ってきたらまた氷が当たって、というように、冷たいのとあったかいのが混ざり合っていた。

乳首の奥から送られる快感が、どんどん強くなってくる。

「もっと範囲を広げてやろう」

ザッカリーはそう言うと、氷をおっぱい全体に走らせた。縦横無尽に動くそれは、気まぐれのようにたまに乳首に触れる。

「ふぇっ…あっ…だめっ…だめぇ…」

ヴィヴィアンの足が、ぴん、と伸びた。気持ちよくなると、自然にそんなふうに動いてしまう。

氷って、どんな大きさなんだろう。いつ溶けるんだろう。

目隠しごしに見ようとしても、影が動いていることしかわからない。その影も、ザッカリーののどの部分なのかは判別不可能だ。

「もっ…冷たいからっ…やめてぇ…」

ムダだと思いつつも、ヴィヴィアンはそう頼んでみた。冷たいのよりも、いつまでつづくのかわからないほうが恐怖だった。

なのに、ザッカリーは何も言わず、氷を肌から離してくれる。

ああ、よかった。

ヴィヴィアンは、ほっとした。これで、おしおきは終わる。

…つくづく、わたしは甘い。

ぴちょん。

そんな音がして、乳頭の中央で水が弾けた。

「ひゃうっ…ん…！」

あまりの驚きに、おかしな声がこぼれる。

何、これ…？

ぴちょん、ぴちょん、ぴちょん、ぴちょん。

とまどっている間にも、左右の乳首に不規則なリズムで水滴が弾けた。そこで、ようやく理解する。氷を乳首の上に置いて、溶けた水を垂らしているのだ。

「あぁぁん…！」

高さを変えているのだろう、毎回、強さも速度もちがう。乳首が限界までとがりきっているのが、自分でもわかった。

「いやっ…許してぇ…」

ヴィヴィアンは思わず、手でおっぱいを覆う。もうこれ以上は耐えられそうもない。

「手を動かすな、と言っただろ」

ザッカリーが楽しそうな声で、そう告げた。

「動かしたらどうするかも、忠告していたはずだぞ」

…そうだった。だから、ザッカリーはしつこく乳首をなぶったのだ。

全部は、これから先のことのため。

「卑怯者(ひきょうもの)っ！」

ヴィヴィアンはわめく。

「わたしがいつかおっぱいを隠すって知ってたわね！」

「いや」

ザッカリーは平然と答えた。

「おまえは負けずぎらいだから、限界まで我慢するかもな、と思ってた。さすがに氷は冷たすぎるから、肌に当てていい限度がある。あと五分ぐらい耐えてたら、俺もあきらめてたぞ。おしおきと拷問はちがうからな」

「五分…？」

たった、それだけ？

「まあ、でも、視界をふさがれて、つぎに何されるかわからない状況での五分は長いぞ。いままでも五分ぐらいだし」

ってことは、これまでとおなじ時間、氷で乳首を責められていたのか。

…うん、無理。わたし、どこかで降参してた。

悔しいけれど、セックスという分野において、昨日、処女を失ったばかりのヴィヴィアンは、どうしたってザッカリーにはかなわないことを認めるしかない。

「さてと」

ザッカリーがにやりと笑う顔が想像できそうな口調だ。

「ここも氷で遊ばせてもらうか」

ザッカリーが、がばっとヴィヴィアンの足を左右に開く。

「やっ…！」

ヴィヴィアンは慌てて足を閉じようとした。なのに、ザッカリーがすばやくその間に入っていて、足はその体にぶつかるだけ。

「お願いっ…やめてっ…！」

「大丈夫だ、心配すんな」

ザッカリーがヴィヴィアンの足を撫でる。氷を持っていたせいか、ものすごく指先が冷たい。

それだけで、ぞわぞわ、と鳥肌が立つ。

「あそこの中は熱いからな。特に、もう濡れまくってる場合、氷はすぐに溶ける」

ザッカリーの手が、どんどん中心部に近づいてきた。

「あっ…やっ…んっ…」

ヴィヴィアンは身をよじるけれど、その手を止められない。

ちゅぷ。

そんな音を立てて、ザッカリーの指が蜜口に触れた。

「ひぃぃ…ん…」

ヴィヴィアンの体が激しくのけぞる。

「こんなふうに蜜があふれるほどとろけてる膣だと、氷で冷やすぐらいがちょうどいい」

ザッカリーの手は、すぐに離れた。ほっとしていると、カラン、と澄んだ音がする。

ああ、あれは氷同士が当たって、そんな音を立てているんだ。つまり、氷はたくさんある。

ザッカリーの思う限界まで、いたぶられるのだろう。

「やっ…！」

そう考えたら怖くなって、ヴィヴィアンは体を起こそうとした。見えなくても、どうにか逃げられるかもしれない。

なのに、その前に、氷が蜜口に当てられた。

「いやぁぁん……！」

ひんやりと冷たい、無機質にも思える感触。気持ちいいのか、そうじゃないのか、それすらもわからない。ぷちゅん、と、さっきよりももっといやらしい音がする。

ザッカリーは氷で蜜口をゆるくこすった。ひくん、とそこが震えながら開くのが、ヴィヴィアンにも感じられる。

ぬるり、と粘膜をこすられて、ヴィヴィアンは強烈な快感を覚えた。

「あぁぁっ…やっ…んっ…ふぅ…」

足が、ぴん、と伸びる。

「氷がどんどん溶けていくな。愛液と水が混ざって、びしょびしょなんて言葉じゃ足りないぐらい濡れてるぞ」

「やだぁ…！」

ヴィヴィアンはぶんぶんと首を振った。そんな恥ずかしいこと、言わないでほしい。

「もっと奥に欲しいだろ」

その言葉のすぐあとで、ザッカリーの指ごと氷が押し入れられる。

「はぅ…ん…やぁっ…あぁん…」

かなり小さくなった氷で、膣壁を、ぐるり、となぞられた。ひんやりしたその刺激に、ヴィヴィアンの体が、がくがく震える。

「あっ…だめぇ…いやっ…」

「いいか、ヴィヴィアン」

ザッカリーが氷を膣壁に押しつけた。ヴィヴィアンの感じやすいところをピンポイントで狙われて、ヴィヴィアンの腰が跳ねる。

「いやぁん…あっ…そこっ…いやぁ…」

「もし、つぎにまたあの男とこっそり会おうとしたら、今日よりももっとひどいおしおきをするぞ。俺にはたくさんの経験がある。どうしたら女を快感によがらせるのか、いやというほどわかっている。氷なんて、まだまだ甘いぐらいだ。わかったな」

わからない。だって、クリスは親友なんだもの。ザッカリーにこんなひどいことをされてる、とか、処女なのに感じてしまった、とか、そういった事実は話せないにしても、いま自分が置かれている状況を説明して、かわいそうだね、と頭を撫でてもらいたい。

でも、そう説明したところで、ザッカリーには理解できない。氷のおしおきが長引くだけだ。いま中にある氷が溶けてなくなったとしても、それで終わりじゃない。新しい氷を入れられるに決まってる。

だったら、答えはひとつしかない。

「わかった…わよっ…！」

いかにも悔しそうに、無念をにじませて、ヴィヴィアンは小さく言い放った。

このお芝居が通用すればいい。

「たとえ、おまえが本意じゃないにしても、わかった、と言ったんだ。破ったら、それなりの罰は受けてもらうぞ」

…やっぱり、見抜かれてしまったか。ザッカリーの勘のよさが恨めしい。

「まあ、そのときはそのときとして」

ザッカリーは氷を引き抜いた。

「いまは、おまえに選ばせてやろう。つぎの氷を入れられるか、それとも、あったかい俺のペニスにするか、決めろ」

「…どっちもいや」

もちろん、そんなの許されないと知っている。

「わかった、氷だな」

カラン、と耳慣れてしまった音がした。あの冷たさを思い出して、ヴィヴィアンの肌がぞわぞわとなる。

これ以上は耐えたくない。

「氷は、もういやっ……！」

ヴィヴィアンは叫んだ。

「ちがうものを…ちょうだい…わたしをあったためて…」

これが、自分にできる精一杯だ。

「あっためる？　じゃあ、お湯にするか」

「ちがっ……！」

お湯だって、入れられたくない。

「何が欲しいんだ？」

きっと、ザッカリーは勝ち誇っている。その表情が見えなくて、よかった。

「言ってみろ」

「…言えないわ」

その単語を口にするのは、どうしようもなく恥ずかしい。

「だったら、氷だな」

カラン、カラン。

また氷の音。ザッカリーがただの脅しで言っているわけじゃないことを、ヴィヴィアンはきちんと理解している。

　ヴィヴィアンは口を開けた。でも、どうしても最初の音が出せない。

「なんだ？　氷を食べたいのか？」

　そうじゃない。氷はもう、どこにもいらない。

「ペニスッ……！」

　ヴィヴィアンは早口で、そう言葉にした。

　恥ずかしい、恥ずかしい、恥ずかしい！

　いますぐ、消えてしまいたい。

「ザッカリーのペニスを…わたしの中に入れてっ…！」

　二回目は、少し恥ずかしさが薄れた。だからといって、積極的に言葉にしたくはない。

「いいな、顔を真っ赤にして、俺のペニスをねだる女っていうのも。これが欲しいのか」

　ザッカリーのペニスの先端が、蜜口に当てられた。氷との温度差のせいで、かなり熱く感じる。

「それが…欲しいのっ…！」

　もう、一刻も早く終わってほしい。

「素直でよろしい」

ザッカリーは満足したのか、ずぶり、と太いペニスを半分ほど一気に突き入れてきた。

「あぁぁ…ぁん…！」

ヴィヴィアンは大きく背をそらせる。

「ヴィヴィアンの中は、やっぱり具合がいいな。ああ、そうだ、こっちもいじってやらないと」

ザッカリーの指がクリトリスに伸びた。そこを下から上に撫で上げられて、ヴィヴィアンの全身に強い快感が走る。

「ひぃ…んっ…あっ…ふぇ…」

指先でクリトリスをこすられつつ、ペニスを奥まで埋め込まれた。ヴィヴィアンの膣は、それをすべて受け入れる。

「あっ…あぁん…」

「ヴィヴィアンの膣が、すっげーひくついてる。俺のペニス、そんなに気持ちいいか？」

「そんなこと…ないっ…はぁぁん…あっ…いやぁ…」

ぐるり、とペニスを回されて、膣全体を刺激された。膣が、びくびくっ、と激しく収縮する。

この感覚は、もう知っている。

「やっ…いやっ…あっ…あっ…あっ…あっ…あぁぁぁっ…！」

　我慢しようと思ったのに、どうにもならなかった。ヴィヴィアンは絶頂を迎える。

「イッたいまのうちに、中を楽しまないとな」

　ザッカリーはヴィヴィアンに息を整える暇さえ与えず、ガン、ガン、と勢いよく膣を突き上げた。子宮にまで届くその振動が、ヴィヴィアンのいったん冷めた熱を呼びさましていく。

「はぁん…あっ…いやぁ…」

　ヴィヴィアンの腰は、それにあわせるように動き出した。ザッカリーのペニスを奥に導くように、腰を突き出す。

「あ、やべ…」

　ザッカリーの先端がふくらんで、気づいたときにはヴィヴィアンの中に精液が注がれていた。どくん、どくん、と何度かペニスが震える。

「おまえがいやらしく動くから、我慢できなかったじゃねえか」

　ザッカリーは文句を言いながら、ヴィヴィアンの目隠しをようやく取った。

　ああ、これでおしまい。

　ヴィヴィアンはほっとしながら、ザッカリーを見る。思わず、ヴィヴィアンは息をのんだ。

「どうした？」

ザッカリーがそれに気づいて、不審そうに聞いてくる。

「急に明るくなって、ちょっとびっくりしただけ」

本当はちがう。ずっと影だったせいか、久しぶりにザッカリーを見て、あまりのかっこよさにうっとりとなってしまったのだ。

だけど、そんなこと絶対に教えない。

ザッカリーは、顔がいいだけ。

ヴィヴィアンは、自分にそう言い聞かせた。

ほかは全部、悪いところばかり。

だから、その整った顔にだまされたりなんかしない。

「ふーん」

まったく信じてなさそうだが、これ以上、追及するつもりもないらしい。

なぜなら。

「さ、またやるぞ。ここからはおしおきじゃなくて、新婚ならだれでもする普通のセックスだ。あと三回ぐらいはできるな」

セックスがしたいから。

「冗談じゃないわ！」

ヴィヴィアンはわめいた。おしおきじゃないというのなら、逆らってもいいはずだ。なんで、昨日まで処女だったわたしが、二日で十回近くもセックスしなきゃならないのよ！　もっと、わたしの体をいたわりなさいよ！

「だれがするもんですか！」

「あのな、ヴィヴィアン」

ザッカリーがにっこりと笑った。

…そんな笑顔、魅力的だなんて思っちゃだめよ、わたし！

「新婚は、いっぱいセックスをするもんなんだ。どうせ、そのうち、おたがいの体に飽きて、やらなくなる。それまでにいっぱいやっとくのは世の常識だ」

「そんなの、知らないわよ！」

「そうか、なら、知らないまま、俺にされてりゃいい」

膣の中に入りっぱなしだったザッカリーのペニスが、また硬さを取り戻していた。このままだと、ザッカリーの思いどおりになる。逃げなきゃ！

でも、どこへ？　逃げる場所なんて、ありはしない。

ヴィヴィアンは絶望的な状況に、大きくため息をついた。

どうやら、今夜も自分はひどい目にあうらしい。

第五章

「退屈すぎるわーっ！」

ヴィヴィアンは叫んだ。

「何もやることがないじゃない！」

ザッカリーのところに来て、すでに二週間。毎日、規則正しい日々がつづいている。

朝八時にメイドに起こされて、ザッカリーの部屋にグラス一杯のお水を持っていく。そのあと二人で食事をして、ザッカリーを見送って、ザッカリーが帰ってきたら夕食を食べて、少しゆっくりしたらお風呂に入り、ザッカリーに抱かれる。

いまだに、セックスには慣れない。日々、快感は強くなるし、ザッカリーを拒否するのすらめんどうにはなってきたけれど、それでも、本当に自分の身に起こっていることとは思えないでいる。

ザッカリーとは、普通に会話をするようになっていた。だって、ほかに話し相手なんかいないし、一日中黙ったまんまなんてヴィヴィアンには耐えられない。

いままでは、両親だったり、クリスだったり、しゃべりたいな、と思ったときにすぐに話しかけられる人たちがいてくれたけど、この家には昼間、使用人しかいない。使用人相手におしゃべりするのは、一応、女主人の身としては避けたい。

使用人とはきちんと一線を引くこと。

これは、上流階級では常識だ。

いい子だと思って心を許して、ぺらぺらと秘密をしゃべっていたら、いつの間にかその秘密があちこちで知られている。

そんな経験をしている人が多い。使用人にとっては主人の悪口を言うのもストレス解消のうちだろうし、ほかの家の使用人とばったり会って、うちのところはね、と話が弾むこともあるだろう。そうやって知ったほかの家の秘密を、点数稼ぎ、といったら言葉がすぎるけど、気に入られようとして自分の主人に話してしまうのも理解はできる。

そうやって、秘密は回る。その使用人をクビにしたら、ちがうお屋敷であることないことを言いふらされて、もっとひどいことになる。

だから、使用人とは慣れ合わないほうがいい。

わかっていても、子供が巣立ち、夫にも相手にされず、孤独を抱えた女主人は使用人についついしゃべってしまうものなのだ。

その気持ちが、ヴィヴィアンにはまったくわからなかった。

秘密がばれるリスクを背負うぐらいなら黙っていればいいのに、と内心でバカにしていた。

でも、いまはものすごく共感できる。

ザッカリーが出かけてから帰るまでの八時間あまり、ヴィヴィアンには何もすることがない。

のんびりできていいわ、と思っていたのは、最初の二日間だけ。とにかく、時間が進まない。

いままで、どうやって生きてきたんだっけ？　と自分の人生を問い直したくなるほど、ただただ退屈な時間をもてあましている。

そういえば、わたし、本を読むのが好きだったわ、と思い出して、図書室に行ったら、経営とは、といった実用書や分厚い辞典、歴史書など、ヴィヴィアンがまったく手を出しそうもない硬い本ばかりで、読む気すらしない。

散歩でもしようかしら、と外を歩くものの、ムダなものには一切手をかけたくないザッカリーの家の庭はきれいに整理されてはいるけれど殺風景で、歩いていてもすぐに飽きてしまう。それでもどうにか家の周りをうろうろして、さあ、これで何分かつぶせたわ、と戻ったら、三十分もたってなくて絶望を味わうことになるのだ。

散歩したりする以外は、ほぼ部屋でソファーに座っているだけだからおなかは空かないし、一人で昼食を食べるのも気が乗らないので、ますます時間はあまっていくばかり。

こういうときこそ、クリスにいてほしい。くだらないおしゃべりをして、笑いあっていれば、あっという間に時間が過ぎるのに。

それか、実家に本を取りに行きたい。もしくは、本を買いに行きたい。あ、でも、外に出たら、またザッカリーが駆けつけてくるわ。

ヴィヴィアンだって、好きでこの家にじっとしているわけじゃない。クリスに会うのは無理だとしても、実家で両親としゃべるぐらいいいんじゃないか、と思って、使用人に車を出すように頼んだことがある。

そうしたら、すぐにザッカリーが戻ってきた。どうやら、ザッカリーの事務所はこの家から近いところにあるらしく、使用人から連絡がいって二十分以内にはかならずヴィヴィアンの前に現れる。

どこに行くつもりだ、と聞かれて、実家よ、と答えたら、ふざけるな、ダメに決まってるだろ、と怒られた。

ふざけてないし、ただ親が大丈夫なのかどうか様子を見たいだけ、と、とっさにしてはうまい言い訳をしたのに、ダメだ、の一点張り。

どうしてよ、と冷静に問いかけたら、クリスに会わない保証がない、と言われて、なるほどね、と納得した。たしかに、実家に戻ったら、すぐにクリスは駆けつけてくれるだろう。両親にも見つからないように裏口からこっそり入ってきたことは何度もある。

絶対にクリスに会わない、とは言えない。そして、そんなウソをついて、クリスと会っているところを見つかったら、ザッカリーは、クリスの前でヴィヴィアンを抱く、という脅しを実行するだろう。

あのときのおしおきで、ザッカリーが本気になるとどれだけ怖いのか、よくわかっている。だから、実家に戻るのはあきらめた。ザッカリーにばれずにクリスに会える手段はまだ見つかってないので、当然、クリスにも会えない。

ヴィヴィアンは平日の昼間、ただただ退屈な時間を過ごしている。たった二週間で、もう心が折れそうだ。このままだと、身の回りの世話をしてくれるメイドに話しかけてしまうかもしれない。

「どうにかしてよ、ザッカリーのバカッ！」

ヴィヴィアンは大きな声でわめくと、手元にあったクッションを壁に向かって投げつけた。少しだけすっとしたものの、すぐにまた怒りが湧いてくる。

「あー、もう！　わたしは囚人じゃないのよ！　退屈すぎるわっ！　何か楽しいものを与えなさいよっ！　退屈だってば！　退屈、退屈、退屈ーっ！」

手当たり次第にクッションを投げつけようと思うのに、よけいなものは一切買わないケチなザッカリーのせいで、もう手元にはない。

「うちのソファーなら、十個ぐらい置いてあるわよ！　クッションなんて高いものじゃないんだから、どさどさ買いなさいよ！　ホント、なんで、こんなに全部がダメなのよっ！」

「うっせえな」

ドアのほうからあきれたような声がした。ヴィヴィアンは、ぱっと、そっちを向く。ザッカリーがそこにいたところで、もう驚かない。

きっと使用人が呼んだのだ。

「あんたが悪いんでしょっ！」

クッションを残しておけばよかった。そうすれば、ザッカリーに投げつけられたのに。

「わたしはね、退屈なのっ！　女の子は、おしゃべりできてるのよっ！　なのに、この家にはだれもいないし、友達も呼んじゃダメだって言うし、実家にも帰らせてくれないし、わたしは、どこでおしゃべりすればいいの⁉」

「奥様がおかしくなっておられます、って電話がかかってきて、慌てて戻ったら、くだらないグチを聞かされた俺はどうすればいいんだ？」

ザッカリーがからかうように聞いてくる。

「知らないわよっ！」

ヴィヴィアンは、ふん、とそっぽを向いた。

「あんたなんか、勝手に仕事してればいいじゃない！　わたしは、クッションを壁に投げつけたい気分なの！　クッション買いなさいよっ！」

「冗談だろ」

ザッカリーは肩をすくめる。

「ソファーなんて、そのままで座れるように作ってあるんだから、クッションを置くこと自体、俺は反対だ。だが、横になったときに枕がわりとしてならいいか、と、主義を曲げて、ひとつだけ許してやってるんだぞ。だれが、これ以上、増やすか」

「わたしが投げたいって言ってんの！　買いなさいよ！　夫なら、妻の欲しいものを与えてしかるべきでしょ！　クッションでいいって言ってんだから、安いものじゃない！」

「あのな、ヴィヴィアン」

ザッカリーが、ふう、と息をついた。それよりも、久しぶりに名前を呼ばれたことに、なんだか、どきり、とする。

おたがい、あなた（ちょっとむかついてくると、あんた、と言ってしまうこともある）と、おまえ呼びなので、ちょっと新鮮な気分だ。

「たかが二週間でそんなになってたら、これから先やっていけないぞ。おまえ、趣味はないのか」

「あるわよっ！」

ヴィヴィアンはザッカリーをにらんだ。

「おしゃべりだって言ってるでしょ！」

「…なんで、そんなに女はしゃべることが好きなんだ」

ザッカリーがうんざりした表情を浮かべる。

「そういう性質だからよ！　おしゃべりしないと死んじゃうの！　だれでもいいから、おしゃべりさせなさいよっ！」

「すればいいだろ」

ザッカリーが首を、コキ、コキ、と左右に振った。

「こっちは書類とにらめっこで肩が凝ってんだよ。これ以上、疲れさせるな。おまえは、だれとでもしゃべればいい」

「じゃあ、実家に帰らせて」

ヴィヴィアンはザッカリーをまっすぐ見る。

「だれでもいいんでしょ。だったら、ママとパパとおしゃべりするわ。いますぐ、実家に帰らせてよ。夕食までには戻ってくるから」

「ダメだ」

ザッカリーはヴィヴィアンを見返した。

「あの男の近くには行かせない」

「わかったわ。じゃあ、あなたがおしゃべりの相手をしてちょうだい」

ヴィヴィアンはにっこり笑う。ソファーの横を、ポンポン、とたたいた。

「もう、こうなったら、あなたでもいいわ。わたしの相手をして。あ、そうよ。あなた、夫なんだから、妻のおしゃべりにつきあうのは当然よね」

さあ、どうだ。

途中でこの展開を思いついて、ヴィヴィアンは内心、ほくそ笑んでいた。

ザッカリーはくだらないおしゃべりをするタイプではないし、そういうのがきらいだというのが言葉のハシバシから伝わってくる。ヴィヴィアンの話し相手になるのは、ごめんこうむりたいだろう。だけど、ヴィヴィアンは引くつもりはない。ザッカリーがあきらめるまで、おしゃべりしましょう、と言いつづけてやる。

それなら実家に帰れ。

そう折れてくれたら、ヴィヴィアンの大勝利だ。

「わかった」

なのに、ザッカリーはあっさりうなずくと、ヴィヴィアンの隣に座った。ヴィヴィアンは、えっと驚く。

「昼休みが一時間あるから、そこを、おまえとのおしゃべりに当ててやる。さあ、話題はなんだ？　話せ」

「…え？　本当にしゃべるの？」

「そりゃ、妻のわがままを聞くのも俺の役目みたいだからな」

ザッカリーはにやりと笑った。

悔しいーっ！

ヴィヴィアンは内心でわめく。

また負けたわっ！　まさか、こうくるなんて！　実家でのんびりおしゃべり、あわよくばクリスに会う作戦、大失敗。

「ほら、聞いてやるから、なんでも言え」

「えーっとね、うーんと…」

いざ、うながされると、話題なんて出てこない。両親ともクリスとも、なんとなくしゃべり始めることが多くて、特にテーマを決めてたわけじゃないし。

「何もないなら、俺は行くぞ。それと、今後、退屈だなんだと叫んで使用人を怖がらせるのも禁止する」

「髪の毛！」

ヴィヴィアンはとっさにそう口にした。

このさい、ザッカリーでもいい。

さっきそう思ったのは、別にウソでもなんでもなくて。本当にザッカリーでもかまわないぐらい、ヴィヴィアンはだれかとのなにげない会話に飢えている。

ザッカリーとは話すとしても、だいたいがごはんのときで、これ、おいしいわね、ぐらいのことしか言わない。使用人が何人も給仕としているので、踏み込んだ話はしにくい。

あとは、セックスのときに意地悪なことを言われて、全身が真っ赤になるぐらい恥ずかしくなるとか。

…うん、わたしたち、まったくおしゃべりしたことないわ、そういえば。

「なんだ、髪の毛がどうした」

「わたしの髪の毛、くるくるでしょ？　これを、まっすぐにしたいのよ」

「は？　なんでまた」

「むかーし、意地悪な男の子に、クモの巣みたいで気持ち悪い、って言われちゃって。それまでは、わたし、自分の髪の毛のこと大好きだったんだけど、それからコンプレックスになっちゃったの。だからね、きれいなストレートヘアにしたい」

「…おしゃべりじゃなくて、恨み節か」

ザッカリーが天を仰いだ。

「ちがうわよ」

ヴィヴィアンは慌てて否定する。

「こうやってコンプレックスを吐きだしたら、慰めてほしいの。ヴィヴの髪はきれいだよ、かわいいよ、って。もちろん、そんなこと言われても、わたしの考えは変わらないんだけど。それでも、おたがいに慰め合うものなのよ、友達って」

ザッカリーは、はあああ、と大きくため息をついた。

「あと、楽しくなさそうにするの禁止ね。あ、あとあと、わたしのおしゃべりの相手ができないんだったら、わたし、実家に戻る権利をもらうわ。そうね、あなたが昼休み一時間あるから、わたしも一時間でいい。行きも帰りも車で送ってもらうし、実家に入るときは使用人をつけて、見張っててていいから」

クリスがいなくたって、両親と話せれば精神的には落ち着く。

「わかった、わかった」

ザッカリーは降参というように、両手を挙げた。

え、もしかして、実家に戻れるかしら？

「で、なんだ？　髪をほめればいいのか？」

そのわくわくは、一瞬で消えた。どうやら、苦手なおしゃべりをしてでも、ヴィヴィアンを実家に戻らせたくないらしい。

でも、いいけど、おしゃべりの相手になってくれるなら。

「そうやって、無理やりみたいな感じも出さないで。もっと自然にふるまってちょうだい」

あ、なんか、すごく気分がいいかも。ザッカリーに命令できて気持ちが晴れてきている。

「注文が多いな」

ザッカリーは苦笑する。

「おしゃべりって、めんどくさいだけじゃなくて気まで遣わなきゃいけないのか」

「当たり前でしょ。相手を思いやらないと、おしゃべりなんて楽しくないわ」

自分だけしゃべってすっきりするなんてことは、ありえない。相手に悩みがあるときはその悩みを真摯(しんし)に聞いてアドバイスをするし、ヴィヴィアンが悩んでいたら、おなじようにアドバイスをしてほしい。もちろん、だらだらなんでもないことをしゃべるのも大好き。でも、おたがいが不快にならないように、最低限、気は遣っている。

それは人間関係において、普通のことだ。

「だから、あなたもわたしに気を遣ってね。じゃあ、もう一回いくわよ。わたし、髪の毛をストレートにしたいの。まっすぐさらさらって、素敵じゃない？」

「いや、おまえには、そのふわっふわのカールした髪が似合ってるぞ」

どきん。

なぜか、心臓が跳ねた。

もしかしたら、もう十年以上前にザッカリーから聞きたかった言葉だからかもしれない。

出会ったときにそう言ってくれてたら、ヴィヴィアンがウェーブヘアをコンプレックスに思うこともなかった。

「ホント？　巻きすぎじゃない？」

「いや」

ザッカリーが手を伸ばして、ヴィヴィアンの髪をひと房つまむ。

「おまえの髪は猫っ毛で、手触りがすごくいい。それがカールしてると、手の中でポンポン跳ねて、もっと心地よくなる。ストレートより、いまのこの髪が俺は好きだな」

「なんでよっ！」

ヴィヴィアンはザッカリーの胸を、ドン、と思い切り押した。ザッカリーが驚いたようにヴイヴィアンを見る。

「なんだよ！　おまえがやれって言ったんだろうが！」

「ちがうわよっ！　なんで、初めて会ったときに、そう言ってくれなかったのよっ！」

ヴィヴィアンはこらえきれずに涙をこぼした。ザッカリーがぎょっとした表情を浮かべる。

「はあ？　なんで泣いてんだ？」

「わたしはね！　あんたのせいで、毎晩、一時間もかけてブラッシングをしてるの！　まっすぐになあれ、って願いながらね！　なのに、いまさら、そんなこと言うなんて…」

ずるい。卑怯だ。

そして、絶対に本心じゃないのに、そんな言葉に喜んでしまっている自分がかわいそうになる。

「いや、あのさ」

ザッカリーが困ったように、ヴィヴィアンを見た。

「正直、そんな昔のたったひとことで、そこまでコンプレックス持たれても、俺も困る。クモの巣みたいって言った記憶はないが、別に悪口じゃなかったと思うぞ。俺、クモの巣ってすげーな、って子供のころ思ってたから。あれさ、すんげー芸術的な模様を描くじゃん？　あまりにもきらきらしてきれいで、どうやって作るのか見たくて、クモにとっては迷惑なんだろうけど、よく壊してた。で、クモが、あれ？　巣なくなっちゃった、みたいな感じで出てきて、おしりから糸を出しながらまた巣を作るのを、飽きずに眺めてたな。だから、もし仮に、クモの巣みたい、って言ったとしたら、それ、ほめ言葉だったはずだぞ」

「…え？」

ヴィヴィアンはぱちぱちとまばたきをした。そのたびに、涙が目尻からこぼれる。

ほめ言葉？　クモの巣みたい、が？

「現に、別におせじでもなんでもなく、おまえのそのくるくるヘアー、俺、好きだしな。おまえは勝手に、俺が、クモの巣みたいで気持ち悪い、って言ったことにしてるけど、人間の記憶なんてあいまいだし、俺が言ったのは、クモの巣みたい、だけなんじゃないかと思うぞ。それを、おまえが勝手にネガティブに受け取っただけじゃね？」

「ちょっと待って…」

ヴィヴィアンは頭が混乱してくる。

「じゃあ、わたしはなんのためにこの十年以上も苦しんできたの…？」

「っていうか、なんで、初対面の俺のひとことに、そこまで傷つくのかがわかんねえ。バカが何か言ってる、ってほっときゃいいじゃねえか」

「それは…」

ちゃんとした理由がある。でも、絶対に言いたくない。

「自慢の髪の毛だったから、あまりにもショックで…」

だから、いままでとおなじく、あまり重要じゃないほうの言い訳を口にする。

「まあ、ちっちゃいころだからな。心がやわらかくて傷つきやすいから、俺の言葉がトゲとして刺さっちゃったんだな」

そう、あのころはほんのちょっとしたことに傷ついていた。でも、髪の毛に関していえば、もっともっと大きな理由だ。

でも、口にしない。

ザッカリーには一生教えない。

「ヴィヴィアン」

ザッカリーがヴィヴィアンの両肩を、がしっとつかんだ。

「俺のせいで、そのきれいな髪の毛をコンプレックスと思ってきたなら、本当に申し訳ないと思う。ごめんな」

ヴィヴィアンの目から、ぼたぼたっ、と大粒の涙が落ちる。

「うわっ、なんでもっと泣くんだよ！　びっくりするからやめろよ！」

「だって…」

わたしの髪、きれいだと思ってくれてたんだ。出会ったときのも悪口じゃなかった。

そう思っただけで、これまでのすべての負の感情が消えていく。

傷つけられた人に、そうじゃなかった、と謝ってもらえることが、こんなに心を軽くするなんて思ってもなかった。いままで、だれに慰められても、でも、クモの巣なんだもの、という思いが消えなくて、苦しんできたのに。

「わたしの髪がきれいだって言うから…」

「きれいだって！　ホントに！　本気で！　そう思ってるから、泣くな。頼むから泣くな」

ザッカリーがヴィヴィアンを抱きしめてくれた。クリスとはまたちがう、温かい抱擁。クリスのときにはなかった、男の力強さも感じる。

「無理…。たぶん、しばらく泣いてると思う…」

「おしゃべり！」

ザッカリーがヴィヴィアンの背中を撫でた。その手はごつごつとして大きくて、毎晩触られているはずなのに、そのときとは別のやさしさを覚える。

「おしゃべりしようぜ！　ヴィヴィアンは趣味とかないのか?」

「本を読むのは好きよ…」

ヴィヴィアンは涙声で答えた。

「そっか、どんなのを読むんだ？」

「ロマンス小説」

「へえ、あんなくだらな…ああ、ちがった、女は好きだよな、そういう類のもの」

「いま、くだらないって言った？」

ヴィヴィアンが少し低めの声で問いかけると、ザッカリーが慌てて否定する。

「言ってない、言ってない！　うちにはないな、と思ってて…あ、そうだ！　買ってやるよ、ロマンス小説。そうしたら、俺が働いている間も退屈せずにすむだろ。すぐに本屋に連絡して、今日、いくつか持ってきてもらうから！　あ、そろそろ昼休み終わりだ！　俺、行かないと！」

無意味に明るく、無意味に大声で言うザッカリーは、困っているんだろうな、ということがわかる。

これまで、何をされてもヴィヴィアンは泣かなかった。

お金のかわりに売られ、処女を奪われ、おしおきをされ、クリスや両親に会えなくても、それでも強気を貫いてきた。

だからこそ、ザッカリーは動揺しているのだろう。

ちょっとだけ、ざまあみなさい、と思う。でも、それ以上に、あたふたしているザッカリーがおもしろい。

ザッカリーはヴィヴィアンを離すと、そのまま、ヴィヴィアンの顔も見ずにドアのほうへ走っていく。

「明日からも、おしゃべり必要か？」

「うん、もちろん」

だって、ザッカリーがそういうの苦手そうだから。もっともっと困らせてやりたい。

「言っとくが、おまえが優位に立てるのはこの一時間だけだからな。それ以外は、俺、これまでとなんら変わらずにやっていくぞ」

夜も手加減はしない。

そういうことだろう。

望むところだ。わたしだって、このおしゃべりの時間は手加減してやらない。

「わかったわ」

ヴィヴィアンはうなずいた。

「いってらっしゃい」

これまでいやいや口にしていたその言葉を、初めて、素直に告げることができた。

「おう、いってくる」

ザッカリーの返事は、いつもとおなじ軽いもの。

そんな何気ないやりとりが、なんだか楽しい。

きっと、おしゃべりが心を浄化してくれたにちがいない。

女の子には、おしゃべりが必要なのよ、絶対に。


「やだぁ…恥ずかしいっ…」

ヴィヴィアンは両足を自分で持たされて、真っ赤に頬を染める。自分から性器を見せつけるような体勢は屈辱的以外のなにものでもない。

「そうだろうな」

ザッカリーはうなずいた。

「俺が昼間に味わわされた、あのなんともいえない気持ちのお返しだと思え」

「ここまでじゃ…なかったはずよっ…」

だって、ザッカリーはただおしゃべりの相手をしただけだし。

「いや、結構つりあってるぞ」

ザッカリーは顔をしかめる。

「女が泣くのは、こっちが一番困る攻撃だからな。あのあとも、ずっともやもやしてた。その分、きっちり取り返させてもらう」

「だって…」

ヴィヴィアンだって泣きたくなかった。人前で涙を見せるのは、プライドが許さない。そりゃあ、子供のころはちょっとのことでビービー泣いていけど、物心ついて、ラーソン家の一人娘として人前に出るようになってからは、だれにも泣き顔を見せていない。

これは、クリスにも、だ。

もちろん、感極まって少し涙が浮かぶ、ぐらいのことは何度もあったけれど、ヴィヴィアンもザッカリー同様、女が涙を武器にするのは卑怯だ、と考えている。あと、単純に負けずぎらいなので、泣いたら負け、という言葉もあることだし、だれにも泣いてるところを見せたくない。

ザッカリーに髪の毛をクモの巣みたいと言われ、深く深く傷ついたあのパーティーでも、家に帰るまで我慢していた。あのころは子供だったから、もしかしたら、親の前で泣いてしまったかもしれない。

でも、いまは悔しいことがあっても、悲しいことがあっても、自分の部屋で一人になるまで、ぐっと奥歯を噛みしめて我慢している。

だから、あんなふうに泣いてしまったことは自分でも意外だった。そして、それ以上に不思議なことに、だからといって、負けた、とか、泣き顔を見られるなんて恥だ、とか、普段のヴィヴィアンなら考えそうな負の感情がまったく浮かばなかったことだ。

それほど、ウェービーヘアをけなされた（結局はかんちがいだったにしても）ことにヴィヴィアンはとらわれていたのだろう。それから解放された嬉しさのほうが大きかったにちがいない。

あ、そっか。あれはうれし涙だったから、別に悔しくないんだわ。

「だって、なんだ？」

「…ほっとしたんだもの」

嬉しかったとは言いたくなくて、ちょっとゆるい言葉に変えた。ザッカリーにずっと心を揺さぶられていたことを知られたくはない。

だって、絶対、この人、調子に乗るだろうし。

「ふーん、そっか」

ザッカリーは目を細める。

「こんなに気の強いおまえが泣くぐらいだ。俺は、ひどいことを言ったんだろうよ。俺にとってはほめ言葉であっても、傷つけたのは事実だから、そこはもう一度謝っておく。ごめんな」

最後の、ごめんな、だけが、トーンがちがった。

甘くてやさしい。

そう感じてしまうほど、やわらかい言い方だった。

…やめてほしい。

ヴィヴィアンはぎゅっと唇を噛む。

いまさら、やさしくしないでほしい。いやなやつだと思っていたい。

だって、そうじゃなければ…。

「これで、この件はおしまいな。俺は、今後、絶対に謝らない。おまえも、クモの巣って言ったくせに、きーっ！　って、俺を責めるのやめろ」

「うん、わかったわ」

ザッカリーに悪意がなかったんだから、もう忘れる。ストレートヘアへのあこがれも、徐々になくなっていけばいい。

このウェービーヘアでよかった。

いつか、心の底からそう思えたら、ヴィヴィアンの中にマイナスの感情がなくなる。

早く、その日が来るといい。

「なんてことを、性器丸出しで話してるおまえは、かなりマヌケだな」

ザッカリーに笑われて、ヴィヴィアンは、はっと自分の姿を思い出した。

「きゃあああ！」

我に返ると、恥ずかしくてたまらない。

「うん、そうやって、俺に意地悪されて真っ赤になっているほうがかわいくていい」

ザッカリーは、ずぷっ、と音を立てながら、ペニスを膣に突き入れた。

「あぁあっ……！」

ヴィヴィアンは背中をそらせる。

二週間たったいまでも、毎日セックスをする。それも、一回で終わったことがない。

いつになったら飽きるのか、それを知りたい。

だって、なんだか、ザッカリーにあわせるように体が変化している気がするんだもの。

ザッカリーのペニスを膣の奥深くで受け止めながら。

そんなのおかしいわよね、と自分に問いかける。

セックスするのが普通だなんて。それどころか、かなり気持ちよくなってきて、少し楽しみになってきているなんて。

そんなのダメ。

だって、これは政略結婚なんだもの。

わたしはお金との交換条件で、そこに感情なんて伴わない。

ザッカリーは、結婚したから、しばらく抱いて楽しむか、ぐらいにしか思ってないだろう。

だから、わたしも割り切らないと。

こんなにセックスする日々はすぐにでも終わるんだ、と。

じゃないと、また、わたしは傷つく。

幼いときとおなじように。

幼いときとおなじ人相手に。


「へー、そんなことしてるのね」

ヴィヴィアンは感心した。ザッカリーは少し照れたのか、目をそらす。

「とか言っても、結局、自分が金儲(かねもう)けできればいいんだけどな」

ザッカリーがどんな仕事をしているのか知りたくて、このところはずっとその話をしていた。

建築関係だということ、その業界ではすごく有名で、いま頼まれても五年後じゃないと取りかかれないこと、ザッカリーも建築の勉強をして、いつか自分が建てた家に住めたらいいと思っていること、貧しい人たちのための集合住宅を無償で作っていること。

お金を持っている以上、きちんと還元すること。

上流階級の間では、それが当たり前のこととなっている。いわゆる、ノブレス・オブリージュというやつで、慈善団体に寄付したり、いらなくなった洋服を贈ったり、などが主なやり方だ。

たまに貧しい国に出向いて、食料の差し入れをする行動派もいて、すごいなあ、と感心はするものの、ヴィヴィアンはそこまではできない。季節ごとに洋服や靴やアクセサリーを寄付するぐらいだ。

なのに、ザッカリーなんて、住むところを作ってあげている。貧しい人たちにとって、洋服よりも切実に必要なものだ。

「それ、お金儲けにならないでしょ？」

「いや、いまは貧しいけど、いつかここから這い上がってやるぜ、って根性あるやつら、いっぱいいるんだよ。で、実際に金を稼ぐと、俺んとこに、あのときはお世話になりました、って結構大きな案件を持ってきてくれる。だれだって、どん底にいたときに親切にされたことは忘れないだろ」

「そうね～」

ヴィヴィアンは皮肉を含ませつつも、うなずいた。

たしかに、ヴィヴィアンだって忘れない。わたしに値段をつけて、親とザッカリーの間で売買された。何かの奇跡が起こって、自分の家を救えるぐらいのお金が手に入ったら、まずはザッカリーに札束を投げつけてやろう。

「まあ、おまえの場合、親切じゃなくてひどい仕打ちだけどな」

ザッカリーもわかっているから、にやりと笑いながら軽口をたたく。

「ホントよ。ひどい目にあったわ」

「過去形なのか」

ザッカリーは意外そうにヴィヴィアンを見た。

「…え?」

「ひどい目にあってる、じゃなくて、あった、って言ったからさ。いまは、あんまりいやな思いはしてないってことだろ」

「ちがうわよっ!」

ヴィヴィアンは、なぜか慌てて否定する。自分でも無意識のうちに、過去形にしていた。いまだって、ひどい目に…あってないかも。

あれから、ザッカリーは毎日、昼休みはヴィヴィアンとおしゃべりしてくれる。最初のころは、ヴィヴィアンが一時間、しゃべりつづけて、ザッカリーが、ふーん、へえ、あっそ、と、聞いてるのか聞いてないのか不明なあいづちを繰り返していただけだったけれど、それでも、ヴィヴィアンのストレスはかなり減った。

いまは、ザッカリーの話を聞く余裕も出てきている。

ほかにも、ヴィヴィアンの好きなロマンス小説を、ずらり、とそろえてくれた。本の金はケチらない、知的財産だからな、との言葉どおり、図書室の壁一面をすべてロマンス小説で埋めてくれた。これだけあれば、何年も読むものには困らない。これだけ読んでても飽きるだろう、と、ファンタジー小説、サスペンス小説、児童書なども追加された。堅い本も読んでおけ、と、ザッカリーが所有しているものよりもちょっとやさしめな歴史書や文学書もある。

ザッカリーを送り出したあと、午前中は本を読む。お昼はおしゃべりをして、少しおなかが空いたら、フィンガーサンドなどの軽食を食べて、お昼寝をして、そのあとはお散歩。簡素な庭も、歩くだけなら障害物がなくていいかも、と思うようになってきた。ザッカリーが帰ってくるまでは、ぼーっとしていたり、本を読んだり、やりたいことをする。

退屈だ、とは思わなくなっていた。本のおかげだと思い込みたいところだけど、ザッカリーとの一時間のおしゃべりが最大の退屈しのぎなのは、さすがに認めざるをえない。

結婚してから、すでに一ヶ月半がたっていた。こうやって、人は慣れていくものなのかもしれない。

そういえば、クリスはどうしてるかしら。

ヴィヴィアンは、ふとそう思った。そして、このところずっと、クリスのことを思い出しもしなかった自分の薄情さに恥ずかしくなる。

ここに来た当初は、クリスに会いたい、としか思ってなかったのに。ザッカリーとの距離感がうまくとれて、生活も安定すると、すっかり忘れるなんて。

親友なのに、ひどい。

クリスはいまもヴィヴィアンを助けだすために奔走しているのだろうか。でも、クリスが一ヶ月ちょっとがんばったところでどうにかなるような状況じゃない。ザッカリーみたいに自分で働いて自由になるお金がたくさんないと、ラーソン家は救えない。クリスが無理に家のお金に手をつけたら、今度はミルマン家が傾くかもしれない。

それに、ヴィヴィアンは、このましばらく、ザッカリーと結婚しているのも悪くない、と思っていた。

ザッカリーは約束を守って、きちんとした管財人を紹介してくれた。まだまだ油断はできないものの、株価暴落のときのような絶望的な状態は脱したようで、たまに届く両親からの手紙は明るい。

ヴィヴのおかげで、二、三年はどうにかなりそうだよ。ありがとう。

こないだは、そう書かれていた。年月の部分は、半年、一年、と増えていき、いまは、二、三年。それでも、半年後には家がつぶれているかもしれない、という恐怖から逃れられたのは大きい。

いつでも帰っておいで。

その言葉を、以前は望んでいた。それは、お金の問題が解決して、ヴィヴィアンが自由になった証拠だから。

でもいまは、そんなの無理だと知っている。失ったお金はあまりにも巨大で、一代で元に戻るとは思えない。

ザッカリーは、手紙ぐらいなら自由にしろ、と、両親からの手紙を読んだりしない。ヴィヴィアンが返事を書いても、黙って出してくれる。

だから、両親とは交流がはかれているが、クリスがどうなっているのかわからない。両親もクリスのことは言ってこない。もしかしたら、ヴィヴィアンの件で仲たがいみたいなことになっているのかもしれない。

でも、ヴィヴィアンはここから出ることはできない。一年以上、おとなしくしていたら、ザッカリーが実家に戻る許可をくれるかもしれないが、それには先が長すぎる。

「どうしたらいいかなあ…」

クリスには、ヴィヴィアンのことで悩んでほしくなかった。ヴィヴィアンはここで生きていくための基盤を作った。ザッカリーともこのごろは普通に接することができているし、クリスが乗り込んできて、そのいい関係を壊されたくない。

クリスはクリスで、いまだに親友だと思っている。大事な存在だ。

だからこそ、クリスにはヴィヴィアンのことを忘れて幸せになってほしい。

「あ、そうだ」

手紙を書けばいい。さすがにクリスへ直接書くとザッカリーが破り捨てるかもしれないから、両親への手紙の中に、クリスへの手紙をそっと紛れ込ませておく。

そうしたら、両親がクリスへ届けてくれるだろう。

ヴィヴィアンは便箋とペンを取り出して、テーブルの上に置いた。いままで手紙なんてほとんど書いてこなかったけれど、両親とのやりとりで手紙の楽しさ、ありがたさを知った。

クリスにきちんとヴィヴィアンの気持ちが伝わるように。クリスが、ヴィヴィアンを助けることを最優先にしなくてすむように。

内容はどうすればいいだろう。

ヴィヴィアンはペンをとって、まずは、親愛なるクリスへ、としたためる。書き出しをしばらく迷って、結局、素直につづることにした。

『元気？　わたしは元気よ。

わたしのことを心から心配してくれているクリスのことだから、きっと、無理して、わたしのために動いてくれてると思ってる。

でもね、クリス、もういいの。わたし、決めたから。

うちを救うためには、わたしがここにいるのが一番いいって。

クリスがわたしを助けたいように、わたしも両親を助けたい。

だから、わたしのことは忘れて、クリスは楽しく人生を過ごしてください。

きっと、何年かしたら、普通に会えるようになるわ。わたしとクリスは、しょっちゅう会わなくても大丈夫な仲だって信じてる。

だから、その日までさようなら。

そのころには、わたしに子供がいたりしてね。クリスも結婚してるだろうし、おたがい、パとママになって再会なんてのも楽しくない？

クリスのことは、これまでもこれからも、ずっとずっと大好きよ。

また会える日を楽しみにしてます』

最後に、ヴィヴィアン・ラーソンとサインを入れて、二つ折りにしてシールで止めた。そのあと、両親へのいつもの手紙を書いて、同封のシールつきの手紙はクリスへ渡してね、とお願いする。

これで、クリスも苦しまなくていい。

ヴィヴを救えなかった。

そんなこと、ずっと思っていてほしくない。

だって、わたし、ここで楽しく生活してるんだもの。

クリスがヴィヴィアンのために何かしているなら、のんきに本を読んだり、散歩をしたりしている自分が申し訳なくなる。

生まれたときからずっとそばにいて、二十歳になったら結婚すると決まっていたクリスと離れることは寂しいけど。

状況は変わったのだ。それに対応していくしかない。

だから、クリスを解放してあげなきゃ。

第六章

「いってらっしゃーい」

ヴィヴィアンは、ひらひら、と手を振った。ザッカリーは軽くうなずいて、車に乗り込む。お昼のおしゃべりを終えて、これから会社に戻るのだ。

「さーて、わたしは午後から何をしようかな」

ヴィヴィアンは、うーん、と首をかしげながら悩む。

最近はザッカリーと一時間話したあとから、ぐーんと活力が湧いてくるようになった。

女の子にとっての特効薬はおしゃべりなの。

いつか、ロマンス小説で読んだそのセリフを、ヴィヴィアンはこうやって実感している。朝食のときも話そうと思えば話せるけど、起きたばかりで頭があんまり働いていないのと、周りに使用人がたくさんいるのと、ザッカリーが新聞を読んでいるため、ぽつぽつとどうでもいいことを口にする程度だ。

お昼はヴィヴィアンの部屋でだれにも邪魔されず、一時間ずっとしゃべれるので楽しい。いま、一番、待ち遠しい時間だ。

「元気だから、散歩でもしようかな」

運動したあとだと、軽食がもっとおいしく感じるだろう。ここに来たばかりのころはお昼なんて何も食べなかったのに、いまでは二時ぐらいに小腹が空いて、コックに頼んで食べたいものを作ってもらっている。そうやって、使用人に何かお願いするのを遠慮しなくなって、ますます楽になってきた。

「散歩いってきます」

ヴィヴィアンはその場にいたメイドに声をかけた。いってらっしゃい、奥様、と笑顔で返される。

ヴィヴィアンがどこにいるのか把握していないと大変だろうから、外に出るときにはこうやって報告している。使用人との距離が縮まってきているのも感じられて、居心地もよくなった。

自分から心を開くのは大事だなあ、とつくづく思う。

だって、笑顔には笑顔が返ってくるんだもの。

そろそろ夏になるこの季節は、緑の匂いも強くなる。芝生が敷いてあるだけの殺風景なお庭でも、歩いているだけで心が癒されていく。

ザッカリーと結婚することになって、自分の人生に絶望していたけれど。まさか、あれから二ヶ月足らずで、こんなに穏やかな気持ちになれるとは思わなかった。

「ヴィヴ」

家の壁に沿って歩いていたら、そんな声が聞こえてきた。ヴィヴィアンは周囲を見回す。このうちに、ヴィヴって呼ぶ人、いたかしら？

「ヴィヴ、こっち」

壁の角から人の手が出ていた。ヴィヴィアンは思わず、悲鳴をあげる。

なに、あれ！　もしかして、幽霊⁉

「ヴィヴ、騒がないで」

ひょい、と顔を出したのはクリスだ。ヴィヴィアンは今度は驚きすぎて、声すら出てこない。

「…クリス？」

本物なんだろうか。それとも、わたし、まだ起きてなくて夢を見てたりする？

「しーっ」

クリスは唇に指を当てると、ヴィヴィアンを手招いた。ヴィヴィアンは半信半疑ながらも、クリスに近づいていく。

本当にクリスがここにいるのかしら？　だって、ザッカリーってムダなものにはお金を出さないけど、警備とかにはちゃんと気を使ってるのに。門はひとつしかないし、かならず門番が二人いる。それをかいくぐるのは並大抵のことじゃない。ザッカリーがみずからクリスを招き入れることは絶対にないいし、自分が見ているクリスの姿がどうも信じられない。

「どうしたの？」

ヴィヴィアンは小さな声で尋ねた。ふっ、と息を吹きかけたら、クリスの姿が消えてしまいそうな気がする。

だって、幻みたいなんだもの。

「ここだったら、家の陰になるから見つからないよね？」

クリスも小声で答える。

「うーん、どうかなあ」

庭師が芝生の手入れにくるかもしれないし、使用人がちょっと外の空気を吸いたくて出てくるかもしれない。そうしたら、庭に何もないのですぐに見つかる。

あ、もしかして。

そこで、ヴィヴィアンは気づいた。

庭が殺風景なのは、侵入者に気づきやすくするためだろうか。高い木やオブジェがあったあら、そこに隠れることができる。それを、ザッカリーはいやがったのかも。

きちんといろんなことを考えているザッカリーだから、その可能性は大いにある。

「ところで、本当にクリスなの？」

ヴィヴィアンは再度、そう聞いてみた。

「なんで？　ぼくだよ」

クリスがにこっと笑う。その笑顔は、いつもとおなじくやさしい。

会いたかった。

そう思ってもいいはずだし、というか、そう感じて当然なのだ。だって、クリスは親友なんだから。

でも、なんか雰囲気がちがう。ヴィヴィアンがとまどっているのは、その変化のせいかもしれない。いつものように、クリスとハグする気になれない。

これは、わたしがおかしいのかしら。

「どうやって入ってきたの？」

ヴィヴィアンはまず、一番大きな疑問をぶつけた。

「あいつは、昼のこの時間に絶対に出入りするから、門番の控室の裏に朝からずっと隠れて、二人があのバカを敬礼で見送ってるときに、こっそり中に入ったんだ。あとは、壁ぞいにぐるりと一周して、裏庭にやってきたよ。ヴィヴが散歩に出てくるのを待つためにね」

「……え？」

ヴィヴィアンは目を丸くする。

「どうして、ザッカリーやわたしの行動を知ってるの？」

クリスには、あのあと会っていないのに。

「ご両親にあてた手紙を読ませてもらったからね」

ヴィヴィアンは言葉が出なくなった。だって、あれはパパとママに書いたもので、クリスが読んでいいわけじゃない。親友とはいえ、やっていいことと悪いことがある。

ぞわり、と背筋が震えた。

ずっと仲がよくて、幼なじみで、親友で。

その関係はずっと変わらないと思っていた。しばらく会えないけど、久しぶりに会えたときも、クリスはクリスのままだと。

でも、いまはその確信が持てない。

たった二ヶ月弱なのに。ここに来たばかりのころは、顔が見たくて、しゃべりたくて、助けてほしくてしかたなかった相手なのに。

クリスがちがう人に見える。

…いや、もしかしたら、ヴィヴィアンが変わってしまったのかもしれない。ザッカリーといることに慣れて、その影響を少なからず受けているのかも。

「あのね、クリス、そういうの、あまりよくないと思うわ」

だから、違和感を押し殺して、ヴィヴィアンは笑顔で告げた。

「今度から、クリスにもちゃんとお手紙を書くから。パパとママに出したものは読まないで。パパたちにも言っておくわ」

「いや、もう手紙はいらないよ」

クリスがにっこりと笑う。

「だって、今日、ぼくがヴィヴを助け出すからね」

何を言ってるんだろう。

最初は、本当に意味がわからなかった。だけど、内容を理解すると、ぞわぞわっ、とした震えが今度は全身に広がる。

わたし、もういいの、って、手紙に書いたわよね？　なのに、どうして、助け出すなんてことになってるの？

「クリス」

ヴィヴィアンはクリスの手を取った。気温は高いはずなのに、クリスの手はひどく冷たい。それが妙に気味が悪くて、思わず、ぱっと手放してしまいそうになる。

だけど、そこをぐっとこらえて、ヴィヴィアンはクリスの手をぎゅっと握った。

「あのね、わたしはもう助けてもらわなくていいの。その手紙、届いてない？」

「届いたよ。読んだよ。ヴィヴがこんなことを書くはずがない、これはおかしい、ってピンときたから、ご両親に頼んで、いままでの手紙を読ませてもらったんだ。ヴィヴは自分がどうやって過ごしているのか、事細かにつづってた。ぼくは、すぐに理解したよ。外で散歩してるときに、ぼくに連れ去ってほしいんだな、って」

「え、待って、待って」

ヴィヴィアンは慌ててクリスを止めた。

どうしよう。何を言っているのかが理解できないんだけど。

ヴィヴィアンが両親への手紙に自分の一日のスケジュールを書いたのは、実家にいたころと比べてこんなに健康的な生活してるのよ、と教えて、安心してほしかったからだ。現に母親からは、まさか、ヴィヴが早寝早起きをして、なおかつ、運動もするとは信じられません、これまでは、ママたちが甘やかしすぎたのね、とユーモアたっぷりの返事がきている。

「それに、手紙は検閲(けんえつ)されてるんだよね？」

クリスがまっすぐにヴィヴィアンを見た。ヴィヴィアンはそれを見返せない。

わたし、この人を知ってたかしら？

そう真剣に考えてしまうほど、クリスがクリスらしくない。

手紙に書いてないことを勝手に妄想するような性格じゃなかった。気が強くて負けずぎらいなヴィヴィアンがムキになりすぎたりすると、そういったムダなエネルギーは使わないほうがいいんじゃない？　と冷静にいさめてくれていた。

ヴィヴィアンが感情で動くのと逆に、クリスは理性で動く。

なのに、ここにはそんなクリスはいない。

「検閲なんてされてないわ」

ヴィヴィアンはそっと手を離そうとした。それに気づいたのか、今度はクリスが、ガシッとヴィヴィアンの手をつかむ。

ぞわぞわぞわ。

全身の震えが、もっとひどくなった。

どうしよう。

ヴィヴィアンは泣きそうになる。

わたし、クリスが怖いんだ。この世でたった一人の親友で、それは年老いても変わらないと信じていた相手を怖がってしまってるんだ。

そのことが、すごく悲しい。

全世界が敵に回っても、クリスは味方でいてくれる。

それほど信頼してた人に、こんな気持ちを抱かなきゃならないなんて。

「ウソだね」

クリスはカッと目を見開いた。

怖い、怖い、怖い、怖い。

いったん芽生えた思いは、消えてくれない。ヴィヴィアンの手が細かく震えだす。

「ほら、震えてる。あいつに脅されたことを思い出したんだろう？」

ちがう。あなたが怖いの。

だけど、そんなこと言えるはずもないから、ぐっと言葉を呑み込んだ。どうやったら、この手を振りほどけるだろう。

乱暴にはしたくない。もしかしたら、クリスはあの手紙を読んで、自分を責めたかもしれない。早く動かなかったから見捨てられたんだ、とかんちがいしたのかもしれない。

だから、なんの策もないのにここまでやってきたのなら、クリスの無念な思いはすごく理解できる。

「クリス」

ヴィヴィアンはそっと手を抜こうとした。なのに、クリスはもっと力を入れてヴィヴィアンの手を離してくれない。

「あの手紙に書いたことは本当よ。ザッカリーもそんなに悪い人じゃないし、わたしたち、ちょっとずつ仲良くなれてるし、実家も順調にお金を増やせてるし、結果的にこれでよかったと思ってる」

「ウソだね」

クリスは即座に否定する。笑顔のままなのが、いっそう怖い。

「ヴィヴ、ここにはぼくたちしかいないんだから、ちゃんと心のままに伝えてくれていいんだよ。ヴィヴは、ぼくと一緒に逃げたいんでしょ？」

「逃げたくない」

ヴィヴィアンはきっぱりと言った。そこは、きちんとさせておきたい。クリスのこの暴走が、かわいそうなヴィヴを救わなきゃ、という正義感からきているのだとしたら、目を覚まさせてあげなきゃ。

だって、クリスを失いたくない。早く、いつものクリスに戻ってほしい。ヴィヴィアンを笑わせてくれたり、安心させてくれたりする親友なんて、クリスしかいないんだから。

「わたしは、ここにいたいの。ね、わかって、クリス。あのときは、わたしを助けて、って言ったけど、もう助けなくていい。クリスにはわたしのためにお金をどうにかしようなんて考えないで、楽しく過ごしてほしい。わたしの願いは、ただそれだけよ」

「ヴィヴがいなくて、楽しく過ごせるわけがないよ」

クリスは首を横に振った。

「ぼくは、ずっとヴィヴをお嫁さんにするって決めてた。そのために、ぼくはたくさん努力したよ。まずはヴィヴの親友の座を射止めよう、って。ヴィヴがぼくといることが自然に思えて、クリスとなら結婚してもいいか、って思えるように、いつもにこにこしながら、ヴィヴのくだらない話を聞いてあげたんだからね」

くだらない話…?

ヴィヴィアンは、ガン、と頭を殴られたかのような衝撃を受ける。

もしかしてずっとクリスは、わたしとのおしゃべりをつまらなく感じていたのだろうか。だけど、親友になるために我慢してたの?

どうして?

「出会ったときからずっと、ヴィヴをぼくのものにしたいと思ってた。たまに、ヴィヴがシャワー浴びてるときにわざと行って、こっそりのぞきながら、その成長具合を楽しんでいたんだ。こんなに大きくなったおっぱいは、ぼくだけのものだったのに」

むぎゅっ、と予告もなしに、クリスはヴィヴィアンのおっぱいをわしづかみした。ヴィヴィアンはあまりのことに、思考がついていかない。

いま、わたしは何をされてるの？　これは何？　夢？　あ、ちがう、悪夢だ。

現実なはずがない。クリスがこんなこと言うわけもないし、わたしのおっぱいを…。

「きゃあああああああ！」

そこでヴィヴィアンは、クリスがおっぱいを揉みしだいているのに気づいた。

「やだっ！　離してっ！」

ヴィヴィアンは思い切り、クリスを突き飛ばす。クリスは油断していたのか、よろめいて、ヴィヴィアンから離れた。

いまだわっ！

ヴィヴィアンは屋敷の入り口に向かって走り出す。屋敷の中に入れば、クリスも手を出せない。

「ふざけんなっ！」

なのに、すぐに追いつかれてしまった。足を払われて、そのまま地面に倒れ込む。

「痛いっ！　何すんのよっ！」

もう、この人はわたしの知っているクリスじゃない。何もかもを打ち明けて、楽しい時間を過ごした幼なじみで親友で家族の一員とまで思えた人はこの世から消えてしまった。

だけど、それを悲しがってなんかいられない。だって、わたし、ピンチなんだもの！

「おまえの処女は、ぼくのものだったんだよっ！」

クリスがヴィヴィアンにのしかかってきた。

「ぼくが、あのつんと上を向いたきれいなおっぱいを思う存分もてあそんで、ヴィヴのあそこに指を突っ込んで掻き回して、ヴィヴが感じまくってるところをペニスで貫いて、ヴィヴの処女をもらうはずだったのに！　なんで、あんなやつにやらなきゃならないんだっ！」

男女間で友情は成立すると思っていた。そう信じさせてくれたのはクリスだった。

なのに、クリスはずっと、ヴィヴィアンの処女を狙っていたんだ。

いままでのクリスとの思い出が、ガラガラと音を立てて崩れていく。

「けど、まあ、いい。処女はめんどうだからな。二ヶ月たって、いい具合に熟れてきたヴィヴの体を味わわせてもらうよ」

クリスがヴィヴィアンのスカートをまくりあげようとする。

「いやっ！」

冗談じゃない。だれが、あんたなんかにやらせるもんですか！

わたしには、ザッカリーがいるの。ザッカリーにしか、触られたくないの。

だって、あの人はわたしの初恋の相手なんだからっ！

そう、ヴィヴィアンは初めてザッカリーに会ったときに、彼に恋をした。黒い髪に黒い目がエキゾチックで、すごくかっこいいと思ったのだ。

だから、しゃべりたかった。あのとき、話しかけたのはヴィヴィアンからだ。

なのに、おまえの髪の毛、クモの巣みてえだな、と言われて、ヴィヴィアンの乙女心は粉々に砕け散った。

恋をしたのに、その場で失恋した。

髪の毛のことをあんなに気にしていたのも、けなされたのがザッカリーだったから。

だれに何を言われてもコンプレックスは消えなかったのに、ザッカリーの、俺はその髪、好きだぞ、のひとことで、またもや自分のウェーブヘアーを自慢に思えるようになった。

実家のリビングにいるザッカリーを見た瞬間、恋をしたときの気持ちを思い出してしまった。

だって、ザッカリーはしばらく会わないうちに、もっとかっこよくなっていたから。

なのに、ザッカリーがトロフィーワイフとしてヴィヴィアンを欲しがった。そのことが悲しくて、反抗的な態度もとった。

でも、おしゃべりをするようになって、ザッカリーのことをよく知るようになって、トロフィーワイフ以上の価値があると認めさせたくなった。

偽装結婚じゃなくて、ちゃんとした夫婦になりたい。

そんな希望を持つようになった。

結局、ヴィヴィアンはずっとザッカリーのことが好きだったのだ。

だって、ザッカリーといるとドキドキする。ザッカリーの笑顔に癒（いや）され、意地悪をされると表には出さないけど内心でしゅんとなり、ザッカリーと過ごす昼と夜が毎日楽しみでしょうがない。

セックスだって、ザッカリーとならしたい。でも、それ以外の人は絶対にいや。

だから、触らせない。

親友のふりをしていた最低男になんか、指一本も触れられたくない！

「どきなさいよっ！」

ヴィヴィアンは足で思い切り、クリスのすねのあたりを蹴った。これは絶対に痛いはずだ。

「…っ！」

クリスが声にならないうめきを発する。だけど、ヴィヴィアンに覆いかぶさっているクリスの体はぴくりとも動かない。

「ヴィヴはおてんばだなあ」

痛みが治まったのか、クリスがにこっと笑った。その笑顔が怖いのは、やさしさのカケラもないから。

ザッカリーの目を細めた意地悪な笑顔が見たい。

ザッカリーに会いたい。

助けてほしい！

「ザッカリーッ！」

ヴィヴィアンは叫んだ。

「助けてっ！　わたし、犯される！　ザッカリー以外に何もされたくないのに、この人、わたしを犯そうとしてるのっ！　助けてっ！」

ザッカリーは会社に行っている。ザッカリーの名前を呼びつづけた。だって、そうすると安心するから。

わかっていても、ザッカリーの名前を呼んだだけで、大丈夫、となんの根拠もなく思えるから。

ザッカリーの名前を口にするだけで、大丈夫、となんの根拠もなく思えるから。

「えー、もうちょっと楽しみたかったのに、もう助けんのかよ」

そんな言葉が聞こえた。ヴィヴィアンは幻聴かと思って、耳を触る。そのあとで、こんなことしたって幻聴かどうかわからない、と気づいた。

「まあ、俺も、自分の女を寝取られるのが楽しい、って性癖はねえから、助けてやるか」

ドンと鈍い音がして、クリスの体がヴィヴィアンの上からなくなった。どこにいったんだろう、と横を見ると、クリスが脇腹を押さえてのたうち回っている。

「思い切り蹴ってやったぞ。感謝しろ」

上を見上げると、ザッカリーがいつもの自信満々な表情でヴィヴィアンを見下ろしていた。

ヴィヴィアンはザッカリーに手を伸ばす。ザッカリーはその手をつかんで、ヴィヴィアンを立たせてくれた。

「怖かった…」

ヴィヴィアンはザッカリーにしがみつく。

そう、わたしが欲しいのは、この体温。この胸元。すっぽりつつんでくれる、この体の大きさ。

「だろうな。思いっきり、怯(おび)えてたもんな」

…ん？　なんで知ってるの？

っていうか、いつからいたんだろう。

「最初から」

ヴィヴィアンの疑問がわかったのか、ザッカリーは先回りして答えてくれた。

「ちょっと！　だったら、もっとさっさと助けなさいよっ！」

観察してるんじゃないわよっ！

「ヴィヴィアンの本音が聞けるかな、と思ってさ。そしたら、俺の名前呼んで、助けて、って

言ったから、いろんなことは不問にしてやる」

「不問⁉」

やましいことなんて、何もしてない。不問にされるようなこともない。

「俺に内緒で、こいつに手紙を書いたんだろ」

ザッカリーはヴィヴィアンを責めてはいなかった。それどころか、ちょっと悲しそうに見えた。

それを見て、ヴィヴィアンの胸が痛む。

たしかに、内緒にするべきじゃなかった。ザッカリーに手紙を見せて、これを送ってもいい？　って聞けばよかった。あの内容なら、ザッカリーだって許可してくれたはずだ。

「クリスは、わたしを助けようとして、お金の工面とかしてると思ったから、それはもう必要ないって伝えたかっただけ。でも、ごめんなさい。たしかに、あなたに内緒でクリスに手紙を書きました」

「なんで？」

「クリスに、わたしにとらわれてほしくなかったから。わたしはここで楽しく暮らしてるのに、ヴィヴを助けなきゃ、ってがんばってほしくなかったの。わたしのことを忘れて、新しい婚約者を見つけてほしかった。だって、わたし、クリスとは結婚できないから」

クリスには恋をしていない。これまでも、これからも、クリスをそういう意味で好きになることはない。

そして、クリスの本性を知ったからには、人としても好きにはなれない。

「俺ほど金持ちじゃないからか？」

「ちがうわ」

もし、クリスのことが好きだったら、両親に申し訳ないと思いつつも、二人で駆け落ちしたかもしれない。

「あなたが好きだからよ」

ヴィヴィアンはまっすぐザッカリーを見て、そう口にした。

言葉にすれば、簡単なこと。

ヴィヴィアンは、ザッカリーに恋をしている。

幼いころからずっと、その気持ちは変わっていない。

「そうみたいだな」

ザッカリーはまぶしそうにヴィヴィアンを見つめた。

「俺だけが、おまえのことを好きなんだと思ってた。だけど、どうやら、ちがったらしい。これは、嬉(うれ)しいサプライズだ」

「…え?」

ヴィヴィアンは目を見開く。

「好き…?」

ザッカリーの言葉が、ヴィヴィアンの全身に染みいる。

それって、わたしとおなじ意味の好きなの? わたしをからかってるんじゃなくて?

「おまえに初めて会った日、なんてきれいな子だろう、って思った。全部がキラキラしてて、まぶしくて、特に、くるん、とカールした髪がすごく印象的だった。なのに、おまえは何かを話しかけてきたくせに、すぐに怒ってどっかに行って、それから二度と会えなかった。しばらくは引きずってたけど、人間は忘れる生き物だ。俺はこのとおり、見た目がいいからもてるし、それなりの年齢になれば遊びたくもなる。上流階級の集まりみたいなのは退屈だから行きたくなくて、夜の街に繰り出して、たくさん、つまみ食いをした。そんなある日、おまえを街で見かけたんだ」

「どこで…?」

ザッカリーの過去は、不思議とそんなに気にならなかった。セックスのときに、いっぱい遊んできたんだろうな、とわかっていたからかもしれない。

それよりももっと、知りたいことがある。

「洋服屋。おまえは母親と買い物に来てた。俺は、そのときの遊び相手にねだられて、しょうがなく入ったんだ。おまえを見た瞬間、過去の記憶がすべてよみがえった。その変わらないきれいな髪のおかげだ」

ヴィヴィアンは自分の髪の毛に触れた。

よかった、ストレートにならない頑固なウェーブで。昔と変わらずに、くるり、と巻いていたから、ザッカリーは思い出してくれたんだわ。

「あ、こいつ、俺の嫁にしよう。そう思った」

「…勝手ね」

でも、勝手でよかった。お嫁さんにしてくれてよかった。

だって、わたし、いま、すごく幸せだもの。

「しょうがねえじゃん。俺、おまえと再会して、おなじやつに二度目の恋をしたんだから。そのあとは、おまえのことを詳細に調べた。よけいな虫がついてるのを知って、気が気じゃなかったな」

「あ、そういえば…」

クリスはどうしたんだろう。

ふと横を見ると、そこにはだれの姿も見えない。

「あれ、クリスは?」

「ボディガードが丁重に家まで送ってる」

え、知らない間にボディガードが後始末に来てたんだ。本当に優秀な人たちだわ。まったく気配を感じなかった。

「親友だと思ってたのよ」

ヴィヴィアンは、ぽつん、とつぶやく。クリスとは絶対に元の関係に戻れないことはわかっていても、楽しかった時間を思い出してしまうとつらい。

「俺は、男女で友情なんて成立しない、って言ったぞ」

「そうかもね」

ヴィヴィアンとクリスの間には友情じゃなかった。でも、もしかしたら、どこかで男女で親友という人たちがいるかもしれない。

その可能性は否定したくない。

「まあ、おまえはいま十分傷ついてるだろうから、その件には触れないでおいてやる。それよりも、俺が何をしたかに興味があるだろ?」

自信たっぷりの笑顔に、ヴィヴィアンはかなり救われる。

うん、やっぱり、ザッカリーがしゃべっていると、心が軽くなっていく。それは、これまでもずっとおなじだった。

　特効薬はおしゃべりじゃなくて、ザッカリーの存在そのものなのかもしれない。

「うん、教えて」

「情報屋として一番役に立ったのは、おまえのところの管財人だ。金欲しさに、なんでもしゃべってくれたからな。おまえのところから金をくすねていることを聞きだして、どんどん資産が減っていくのを黙って見てた。株が暴落してくれたのはラッキーだけど、そうじゃなくても、来年ぐらいには、おまえの家の金は全部なくなっているはずだったんだ」

「ひどい…のかもね」

　でも、その件についてはすでに決着はついている。管財人を知っていて止めなかったザッカリーはけっしていい性格をしてはいないが、父親がきちんと調べていれば破産するのは防げたはずだ。

　ザッカリーはただ観察していただけ。

「あと、管財人に残りの金を引き出して逃げろ、と教えて、逃げるルートや隠れ家を提供したのも俺だ」

「うちを完全に破産させて、わたしをお嫁にするために？」

「そう」

最後のダメ押しは、ちょっとやりすぎな気はする。でも、怒る気にはなれない。

だって、嬉しいんだもの。

ザッカリーがそうまでして、わたしを欲しがってくれた。

その事実に、めまいがするぐらい幸せな気持ちが押し寄せてくる。

わたしもザッカリーと同様、結構ひどい。そのせいで、両親はいまも苦しんでいるのに。

「怒らないのか?」

「そうやって強引にわたしをもらってくれなかったら、わたしは二年後、クリスと結婚して、これがまあ幸せなのかもね、なんて思いながら、退屈な日々を過ごしてたわ。ザッカリーと再会して、二度目の恋に落ちることもなかった。わたしもなの、ザッカリー」

ヴィヴィアンは、にこっと笑った。

「幼いときに一度、あなたに一目惚れをしたわ。でも、髪の毛のことを言われて傷ついて、勝手に失恋したと思ってた。うちのリビングで再会したとき、また恋をしたの。だって、ザッカリー、昔よりもずっといい男に成長してたんだもの」

きっと、これは運命なのだ。うちが破産しなくても、どこかで再会して、ザッカリーのことが好きだと気づいて、結婚していただろう。

「なんだ、俺ら、最初から両思いだったのか」

「うん、そうみたいね」

遠回りをした。再会してからも、さらに遠回りをした。

でも、こうやって思いはつながる。

だから、遠回りもそんなに悪くない。

「そっか、そっか」

ザッカリーは頭をかいた。そのしぐさは、まるで照れているかのようだ。

ザッカリーはもしかして、そんなに意地悪じゃないのかもしれない。全部のよろいをはいで、素直に向き合ったら、かわいいところとかやさしいところとか、たくさん出てきそうな気がする。

ヴィヴィアンだって、気が強くてわがままなだけじゃない。ザッカリーに甘えたり、わざとすねてみせたり、素直に笑ったり、たまには泣いたりしてみたい。

これからは、もっともっとおたがいを知っていけばいい。

「なあ、キスしてもいいか？」

ザッカリーがヴィヴィアンをじっと見つめて、そう聞いた。

「聞かなくてもいいのよ」

ヴィヴィアンは微笑む。

「ザッカリーはこれから、好きなときに好きなだけ好きなことをしていいの。わたし、それを許すわ。だって、ザッカリーのことが好きだから」

「あと…ヴィヴって呼んでいいか？」

ザッカリーがちょっと視線を下に向けた。

これは、絶対に照れてる。

かわいい。そして、愛しい。

そんな気持ちがあふれてくる。

「もちろん。わたしは、なんて呼べばいい？」

「ザックかな。でも、ザッカリーでもいい。俺、きちんと名前で呼ばれるのも好きなんだ」

「じゃあ、そのときの気分で」

ヴィヴィアンも、ザッカリー、という響きはすごく好きだ。だから、どっちでもいい。どっちでも、たくさんの愛情をこめて呼ぶ。

「じゃあ、キスするぞ」

ザッカリーがヴィヴィアンの顎を、くいっ、と持ちあげた。顔が近づいてきて、あ、そうだ、とヴィヴィアンはつぶやく。

「なんだよ！　せっかく、人がいい雰囲気を演出してんのに！」

「あ、ごめんね。でも、どうして、わたしを助けに戻ってこれたの？　クリスがいることなんて知らなかったでしょ？」

それなのに、最初から見てた、と言っていた。いくらザッカリーでも、予知能力があるわけないし。

「そんなの、あのクソバカ男に尾行つけてたに決まってんだろ。あいつがヴィヴを奪い返しに来ようとするのなんてわかってたから、見張らせてた。だから、中に入ったのも把握ずみ。ヴィヴが散歩に出るときを狙うだろうことは簡単に予測できたから、俺もそれにあわせて、ここにきたわけ」

ヴィヴ。

そう言われるたびに、胸が高鳴る。

好きな人に親しみをこめて呼ばれるのが、こんなにも嬉しいなんて知らなかった。

「だから、あいつがヴィヴの胸を揉んだのも見てた」

「あ…」

そういえば、そんなこともあった。すっかり記憶の彼方に押しやっていた。

「怒ってる？」

「怒ってるな」

「おしおき、する?」

「してほしいのか?」

ザッカリーはにやりと笑う。

「おしおきはどうでもいいけど、おっぱいは触ってほしい。最後に触られたのがクリスなんて、絶対にいや」

「うわー、なんだ、そのエロい誘い文句。よし、わかった。いまからやるぞ」

ザッカリーはヴィヴィアンを抱えあげた。そのまま、ちゅっ、とキスをしてくる。

「…ロマンチックにするんじゃなかったの?」

そう言いつつも、ヴィヴィアンもキスを返す。

ちゅっ、ちゅっ、ちゅっ、ちゅっ。

飽きずに軽いキスを繰り返しつつ、ザッカリーはそのまま、屋敷の中に入った。使用人がいても、気にしない。

だって、わたしたち、夫婦なんですもの。

正真正銘の夫婦なんだから、キスぐらい堂々としたっていいわよね?

「あいつに揉まれて、どうだった？」

ザッカリーはヴィヴィアンのおっぱいの下側を、ちょん、とつついた。ヴィヴィアンはそれだけで、びくん、と体を震わせる。

「どうって…言われても…」

ヴィヴィアンは首をかしげた。

「感じたのか？」

「まさか！」

ヴィヴィアンは目を見開く。

「驚いて、何をされてるかもわからなかったわ！」

また、ちょん、とつつかれた。おっぱいが少しだけ揺れる。

「ホントか？」

「ホントだってば！」

「でも、こんなふうにがっつり揉まれてたぞ」

ザッカリーが大きな手で、むぎゅっ、と右のおっぱいをわしづかみにした。

「はぅ…ん…」

ヴィヴィアンの体が、びくっ、と跳ねる。

「ほら、感じてるじゃねえか」

「これはっ…」

ヴィヴィアンは赤くなった。

「ちがうの…」

「ちがわねえだろ」

ザッカリーが、むにゅ、むにゅ、とおっぱいを揉みしだく。

「ふぇっ…あぁん…あっ…」

「おい、手のひらに当たってる乳首が固くなってきてるぞ。まさか、あいつに揉まれたときも、こんなふうにとがらせてたんじゃないだろうな」

「ちがっ…やぁぁん…んっ…ひぃ…ん…」

ころころと手のひらで乳首を転がされた。ヴィヴィアンの全身に電流のような快感が走る。

「こんなに感じやすいんだから、もうちょっとほっといたら、あいつにいいようにされてたかもな」

「もう…やだっ…!」

ヴィヴィアンはザッカリーの手を払いのけようとした。だけど、ザッカリーはヴィヴィアンのおっぱいを握って離さない。

「離してっ……！　そんなことばっかり言って…わたしを信じないならっ…しないっ……！」

「じゃあ、おまえが最後におっぱいを揉まれたのはあのバカ男だし、上にのっかられたのも、あのクソバカ男だし、最後に重みを覚えてるのも、あのクソバカマヌケ男ってことでいいんだな」

「いやだから、こうやって頼んでるんでしょっ！」

ヴィヴィアンは叫んだ。

「クリスがどう触ったかなんて、覚えてもないわよ！　感触もね！　気持ち悪かったのはたしかよっ！　それに、わたしが感じるのは、あなたに触られてるときだけよ！　あなたがいいのっ！　あなたにしてほしいのっ！　ザッカリーしかいやなのっ！　なんで、わかってくれないのよっ！」

「かわいい」

ザッカリーがにこっと笑う。

「そうやって涙目で抗議してるヴィヴ、すっごいかわいい」

ヴィヴ。

その呼び方だけで、どくん、と心臓が跳ねた。

「俺しかいやだ、って、もっと言え」

「…ザッカリーだけよ」

ヴィヴィアンは小さくつぶやく。

「俺にされたら、感じるのか？」

「…うん」

恥ずかしいけど、ここは素直になっておこう。

「そっか」

ザッカリーが、ぽんぽん、とヴィヴィアンの頭を撫(な)でた。

「だったら、いっぱい感じさせてやる。あの男のことは、もう二度と言わない」

「ありがとう」

ヴィヴィアンだって、クリスのことを思い出したくはない。ザッカリーと二人でベッドにいるんだから、ザッカリーのことだけを考えていたい。

「じゃあ、つづきやるぞ」

ザッカリーはヴィヴィアンのおっぱいを、むにゅり、と揉んだ。

「あぁっ…」

ヴィヴィアンの体は、簡単に火がつく。ザッカリーは反対のおっぱいにも手を伸ばすと、両方を同時に揉みしだいた。

「んっ…やぁっ…あぁん…」

「ヴィヴのおっぱい、やわらかくて触り心地がいいんだぞ。知ってたか？」

「知らなっ…」

ほかと比べたことがないから、わかるわけがない。

あ、そうか。ザッカリーは比較対象がいるんだ。

そう考えると、ちょっとだけ、胸が、ちくん、とする。だけど、ヴィヴィアンと出会う前のことだから、どうしようもない。

巻き戻すことができない過去に関しては、ヴィヴィアンはあきらめが早いのだ。もしかしたらザッカリーはやきもちを妬いてほしいのかもしれないけれど、そういった感情はない。

ザッカリーがいま、ヴィヴィアンを好きなら、それだけで十分。

「乳首もピンクできれいだ」

ザッカリーの指が、ヴィヴィアンの乳首を下から上へ、ぐっと押さえた。

「はぅ…っ…」

ヴィヴィアンの体がのけぞる。

「いじるのにちょうどいい大きさだしな」

片方の乳首を左右に、ふるふる、揺らされて、もう片方は上下に、ぴんぴん、弾かれた。ヴイヴィアンの足がぐーっと伸びる。

感じてる証拠だ。

「ひっ…ん…あぁん…だめぇ…」

ザッカリーは乳頭に指の腹を当てて、ゆっくりと両方の乳首をおなじ速度で回し始めた。乳首は限界までとがって、ザッカリーの指を押し返す。

「いやぁ…あっ…ぅ…」

「さくらんぼみたいでうまそうだな。食ってみよう」

ザッカリーは右の乳首から指を離すと、そのまま、ぱくん、と乳輪に吸いついた。

「ふぇぇ…ん…やっ…だめっ…あぁん…」

ザッカリーの舌が、ちろちろと乳首を舐めとかす。ヴィヴィアンはザッカリーの頭を抱え込んだ。

「なんだ、もっとしてほしいのか」

「ちがっ…！」

ザッカリーは、ちゅう、と乳首を吸い上げながら、根元の部分を甘噛みする。ヴィヴィアンの体が大きく跳ねた。

「はぁあん…！」

ヴィヴィアンがそうやって根元を噛まれるのが弱いことを、ザッカリーは知っている。少し強くしては離され、また弱く噛まれて、を繰り返されるうちに、頭の中が真っ白になってきた。

ザッカリーは左の乳首を指でつまみあげた。そっちも根元を、ぎゅう、と指で押さえられる。

「あっ…だめっ…あぁぁ…いやっ…いやぁ…」

両方の根元を、指と歯で激しく愛撫(あいぶ)された。ヴィヴィアンの膣(ちつ)が、きゅうきゅう、とさっきから収縮している。

どうしよう。こんなの、ダメ。だめだめだめだめ…。

「はぁぁぁぁ…ん…！」

ヴィヴィアンは体を激しく揺らせた。腰が大きく浮いて、そのまま、ぱたん、と落ちる。

「やっぱり、乳首だけでイケると思ってた」

ザッカリーは満足そうだ。

「いままでは、イキそうになったら止めてやってたけど、今日は乳首での絶頂を味わわせてやりたくて。どうだ？」

「どう…って…？」

体が熱い。中がうずいてる。

「気持ちいいだろ？」

「うん……」

膣の中だけでイカされるのとは、またちがう感覚だ。

「じゃあ、つぎはここだけで」

ザッカリーが手を下に滑らせた。足の隙間に潜り込んで、割れ目を左右に広げる。その一番上の部分を、ちょん、とつついた。

「ひゃぅ……ん……」

ヴィヴィアンは無意識のうちに腰を左右に揺らす。

「クリトリスだけでイッたことねえもんな」

「やだっ……もっ……いいからぁ……」

頼んでみても、やめてくれる気はどうやらなさそうだ。ザッカリーの指がクリトリスをやさしくこする。

「あぁっ……だめっ……あぁん……」

クリトリスからの快感は、乳首よりももっと体の奥のほうからやってくるような刺激。全身にずっと微量の電流を流されているような、絶え間ない気持ちよさを味わう。

「クリトリスも、最初のころよりは大きくなったな。どれどれ、じっくり見てやろう」

ザッカリーが乳首から唇を離して、そのまま、舌先でヴィヴィアンの肌をなぞりながら、下に降りていく。

「やっ…だめっ…見ないでぇ…いやぁ…」

ヴィヴィアンは手を伸ばして、ザッカリーの髪の毛でもいいから、つかもうとするのだけれど、その前にザッカリーはヴィヴィアンのクリトリスに到達してしまった。

指で割れ目を開いて露出させたまま、ザッカリーの舌がクリトリスをつつく。

「ふぇ…ん…あぁぁん…」

指とはちがった、やわらかくて湿った感触に、ヴィヴィアンの体が、びくびくっ、と震えた。

「ヴィヴのあそこ、びちょびちょだぞ」

ザッカリーの指が蜜口をなぞる。それだけで、ぐちゅん、と濡(ぬ)れた音がした。

「いやぁっ…恥ずかしっ…言わないでぇ…」

「だって、ホント、すんげー愛液があふれてっから。中、あったかくて気持ちいいんだろうな、って思うけど、まあ、ここが先だな」

ザッカリーは舌先をすぼめて、ヴィヴィアンのクリトリスの周囲を舐め回す。

「はぁぁん…やっ…あぁん…だめぇ…」

ヴィヴィアンの足が、伸びたり縮んだりしていた。感じすぎると、こんな動きになる。

「ここも、噛(か)んだほうが好きだったりして」

ザッカリーが、ちゅう、とクリトリスを吸い上げながら、根元の部分にやさしく歯を立てた。

「ひぃぃ…ん…！」

ヴィヴィアンの背中がすごい勢いで反る。

「なるほど。ヴィヴは根元が弱い、と」

ザッカリーはあまり力を入れないように、慎重にクリトリスの根元を甘噛みした。

「あぁぁあっ…あぁん…はぅっ…」

ヴィヴィアンの膣内が痙攣（けいれん）したように細かくうごめく。

ザッカリーは舌でクリトリスを上下にこすった。それだけでも気持ちいいのに、同時に根元を甘噛みされる。

「あっ…いやっ…いやっ…いやぁぁぁぁ…！」

びくびくびくっ、と膣が盛大に震えた。二度目の絶頂は、さっきよりもかなり強烈だ。はぁ、はぁ、と大きく息を吐いていたら、ザッカリーが、ちゅっ、とクリトリスにキスをして、またおっぱいのほうへ戻ってきた。

「ヴィヴ、気持ちいい？」

その声が、甘くてやさしい。だから、ヴィヴィアンも素直に答える。

「…うん」

「そっか。じゃあ、俺、もう入れていいか？」

「いい…わよ…？」

そんなの、聞かなくてもいいのに。

「ヴィヴの中、ぐっちょぐちょのでろでろだろうから、いま味わいたい」

「ザッカリー」

ヴィヴィアンはにこっと笑った。

「わたしは、あなたのものだから。何してもいいわ。わたしの体でよかったら、存分に味わって」

「うわ、かわいい」

ザッカリーが目を細める。

「おまえ、ホント、やばいぐらいかわいい」

「嬉しい。ありがとう」

お礼を言うと、髪を撫でられた。

「あと、このクモの巣もすげーきれい」

クモの巣という言葉に、もう傷つかない。だって、ザッカリーが、すごく愛しそうにそう言ってくれるから。

「自慢の髪よ」

昔から、ずっと。ストレートになりたいときでも、髪質には満足していた。ザッカリーがきれいだと思ってくれるなら、それ以上の喜びはない。

「これからも、ずっと自慢しろ」

「うん…」

涙がこぼれそうになって、ヴィヴィアンはどうにかこらえる。

だって、泣きたくない。こんなに幸せなんだから。

それに、ザッカリーの表情を見ていたい。

「じゃあ、入れるから」

ザッカリーはヴィヴィアンの腰を持つと、ペニスを蜜口に当てた。

「うおー、すんげーぬるぬるしてる。これ、いままでで最高記録だな。まあ、二回イカせたから、当然か」

「やっ…恥ずかしい…ってばぁ…」

ザッカリーがペニスを動かすたびに、にちゅ、にちゅ、という音が耳に届く。

「ああ、このまま、こすってても楽しそうだ」

ザッカリーはペニスの先端で蜜口を上下にこすった。そこが、ひくん、と震えて、左右に開く。

「やだぁ…焦らさないでぇ…」

膣の中は、さっきから震えっぱなしだ。

それを、どうにかしてほしい。

ザッカリーの固いもので、この熱を収めてほしい。

「しょうがねえな」

ザッカリーがヴィヴィアンにキスをした。ちゅっ、と軽いのから、徐々に深くなっていく。

舌を入れられて、ヴィヴィアンはそれを受け入れた。自分から、舌を絡めにいく。

ちゅく、ちゅく、と唾液の音をさせながら、激しくおたがいの舌をむさぼりあった。ヴィヴィアンはザッカリーにしがみつく。

それを合図にしたかのように、ザッカリーがペニスをすごい勢いで奥まで入れてきた。

あぁぁぁぁぁっ…！

そのあえぎは、ザッカリーの舌に吸い取られる。

入れられただけで、またイッてしまった。膣がザッカリーのペニスに震えながらまとわりついている。

「いやらしい体だな」

ザッカリーは唇を離して、にやにや笑いながら、そう告げた。

「どんだけイケば、気がすむんだ」

「だって…ザッカリーが急に入れるからぁ…」

「入れるって言ったぞ、ちゃんと」

ザッカリーが目を細める。

「けど、すんげー気持ちよかった。入れた瞬間、とんでもない速さでひくついてんだもんな。俺もイクかと思った」

「イッて…？」

ヴィヴィアンはザッカリーを見つめた。

「中に…ちょうだい…？」

「おい」

ザッカリーが、ピン、とヴィヴィアンの鼻の頭を弾く。

「痛いっ！　何するのよっ！」

「かわいいことばっか言ってんじゃねえよ。こっちはイッたあとの余韻を味わいながら、精一杯我慢してんだよ。もっと楽しみたいからな。なのに、中にちょうだい、なんて、そんなエロい顔して言われたら、いますぐにでもぶちまけたくなんだろ」

「うん…出して…？」

なんだか、楽しくなってきた。ヴィヴィアンは笑みを浮かべる。

「ザッカリーの白いの、わたしの中にいっぱい注いで…？」

「ふっざけんな」

ザッカリーがヴィヴィアンの乳首を、きゅう、とつまんだ。

「はぁぁん…！」

ヴィヴィアンは体をのけぞらせる。

「おまえ、俺を操ろうとしてんじゃねえよ」

「してないわよ…？　でも、ヴィヴ、ザックのあったかいものを奥で受け止めたいの」

「うわー、あとから覚えてろよ、このやろう」

ザッカリーはヴィヴィアンの腰を高く持ち上げた。

「もう無理だ。この俺が、ヴィヴに負けるなんて」

ザッカリーのペニスが、ガン、と最奥に突き当てられる。

「あぁぁぁっ…！」

「いっぱい白いの注いでやるよ」

ガン、ガン、ガン、ガン、と奥を突くだけの単調な動きなのに、気持ちよくてたまらない。

ぐちゅん、という濡れた音も、どんどん大きくなっていく。

「あぁっ…いいっ…気持ちいいっ…もっとぉ…」

ヴィヴィアンは強くザッカリーにしがみついた。

くっついていたい。

ザッカリーの体温を感じていたい。

「欲しいって言え」

ザッカリーがヴィヴィアンの耳元でささやく。

「俺が欲しい、俺が好きだって言え」

「ザッカリーの濃いのが欲しいっ…！　ザッカリー、大好きっ…！」

「最後までかわいすぎて、ホント、腹立つ」

ザッカリーはそう言いながらも、笑顔を浮かべた。

「出すからな」

ザッカリーはペニスを、ずるずる、と入り口付近まで引き抜いた。抜けそうになる手前で、
そのまま一気に奥まで押し入れる。

ドン！

そんな激しい音が聞こえたような錯覚を覚える。子宮までも、一緒に突かれているかのよう

だ。

「あぁぁぁっ……！」

ヴィヴィアンは足をピンと伸ばした。ザッカリーが少し体を震わせたつぎの瞬間。

ドクン！

すごい勢いで、精液を注がれる。

「あっ…あぁっ…もっとぉ…いっぱい…ちょうだいっ……！」

「ホント、かんべんしろよ。俺がいま死んだら、ヴィヴィアンがかわいすぎて、だ」

ザッカリーが苦笑しつつ、残りの精液も膣内に入れた。そのまま、ヴィヴィアンに覆いかぶさる。

「あー、気持ちよかった」

ザッカリーはさわやかな笑顔になった。

「ちょっと休んだら、またやるからな。今日は寝れると思うな」

「わたしは大丈夫だけど、ザッカリー、会社があるでしょ」

まだ、週末じゃない。ヴィヴィアンは昼寝をすればいいだけだ。

「妻が離してくれませんので休みます、って言う。たまには休んでいいだろ」

「ホント？　じゃあ、明日はずっと一緒にいられるの？」

それは、すごく嬉しい。

「なんだよ、おまえ」

ザッカリーが、ぺしん、とヴィヴィアンの額を軽くたたく。

「素直になったら、すげーかわいいとか、ロマンス小説の主人公か」

「わたしはね、素直になったらかわいいの。そういう性格なの。いままで、ザッカリーが知らなかっただけよ」

負けずぎらいで強気でなまいき。

それは、ヴィヴィアンのひとつの側面でしかない。

ザッカリーにも、意地悪でも尊大でもない、また別の顔があるはず。それを見つけたい。

ザッカリーのことなら、なんでも知りたい。

「結婚式しようか」

唐突に、ザッカリーがそんなことを言い出した。

「…え？」

意味がわからずに、ヴィヴィアンは首をかしげる。

「俺はさ、ヴィヴを手に入れることだけが目的で、正式な手段とかすっとばして強引に妻にしたから。俺がちゃんと気持ちをたしかめてからプロポーズしてたら、ヴィヴは真っ白なウェディングドレスを着て、みんなに祝福してもらって、すごく幸せな一日を送ったあとで、俺の妻になれたんだ。なのに、悪夢から始まっただろ」

「そうね」

あれは、たしかに悪夢だった。

だって、初恋の人が現れて、おまえを金で買う、みたいなことを言われ、強引に処女を奪われた。

ヴィヴィアンはザッカリーのことが好きだったけど、ザッカリーの気持ちなんてわからなかった。

過去は悔やまない。

そう決めてはいるけれど、順番さえちゃんとしてたらな、という思いは正直ある。

「いまさらだけど、真っ白なウェディングドレス着て、みんなに祝福してもらおう。ヴィヴのご両親だって、最初はいやいやだったけど、いまは幸せです、って姿を見せたら、きっと安心する」

「それは…そうかも」

きっと、いまも両親は罪悪感で苦しんでいる。ちゃんとザッカリーのことを好きだって告げたら、安心するだけじゃなく喜んでもくれるだろう。

「普段はまったくつきあわなくていいけど、うちの親にも一応、紹介しときたいし。あ、そうだ。結婚したことも言ってねえ」

「なんで⁉」

親が子供の結婚を知らないって、そんなことあるの⁉

「放任主義だから。俺が会社を始めたときに、もう一人前になったんだから世帯もわけましょうね、って、手続きされた。住んでるところは遠いし、向こうは向こうで忙しいし、俺も忙しいしで、二年ぐらいあってねえな」

「寂しくないの？」

ヴィヴィアンは二ヶ月会えないだけで寂しい。

「だから、放任主義なんだって。昔からこんな感じだから、別に。会社に行きゃ、気の合う同僚はいるし、学生時代の友人もいるし、寂しいとは思ったことねえな」

「そうなんだ。寂しくないなら、いいわよね」

世の中には、いろんな家族がいる。ザッカリーはそういう少年時代を経て、孤独に強くなったのだろう。

「それに、いまは、わーわーしゃべるうるさいのがいるし」

ザッカリーは、にやっと笑った。

「寂しく感じる暇もねえよ」

「ふーんだ」

ヴィヴィアンは唇をとがらせる。

「そんないやみに負けずに、わたしはおしゃべりするもんね」

「うん、しゃべっとけ。ヴィヴの声は甘く響くから好きだ。癒される」

きゅうん、と胸が締めつけられる。

こんな殺し文句ずるい！

「で、結婚式どうする？」

あ、そうか。その件だったわ。

もちろん、したい。ウェディングドレスも着たいし、両親に安心してほしいし、神様の前で誓いたいし、みんなに祝福してほしい。

でも、問題がひとつ。

「わたし、ヴァージンロード歩いていいの？」

ヴィヴィアンは真剣に問いかけたのに、ザッカリーはあぜんとすると、そのまま、ぷーっ、とすごい勢いで吹き出した。

「再婚してる人とか、じゃあ、どうするんだ？」

「あ……」

再婚でも、結婚式する人たち、そういえばいる！　なんでヴァージンロードを歩くんだろう、とか思ったことも別にない。

「じゃあ、わたしが歩いてもいいのね？」

「いいんじゃね？　俺と結婚するんだし、俺と会うまで処女だったたし、資格はあるだろ」

「そっか」

結婚相手も処女を捧げた人も、両方、ザッカリーなんだから、いいのか。

「結婚式する！　ウェディングドレス着たい！」

「すっげー美人なんだろうな、そのときのヴィヴ」

ザッカリーが目を細めた。

「早く見たい」

「うん、わたしも早く見せたい。きれいになる自信はあるわ」

だって、好きな人と結婚する姿を、みんなに見せるんだもの。その日のわたしは、きっと、きらきら輝いている。

「ヴィヴ」

ザッカリーがヴィヴィアンを見つめた。

「俺のこと、好きになってくれてありがとう」

「やめて…」

ヴィヴィアンはまぶたを押さえる。

「泣いちゃう…。そんなの、ずるいわよ」

「だって、言いたかったから」

ザッカリーがヴィヴィアンの髪を撫でた。

「ヴィヴが俺のものになってくれて、嬉しい」

「うん…うん…」

ヴィヴィアンは涙をこらえきれずに、つーっ、と一筋、こぼす。

「わたしもおんなじ気持ち…好きになってくれてありがとう…」

先に見つけてくれてありがとう。

いろんな手を使って、自分のものにしてくれてありがとう。

わたしを幸せにしてくれてありがとう。

「大好き…」

そうささやいたら、甘いキスが降りてきた。

ザッカリーの唇は、やわらかくて、温かくて。

ヴィヴィアンのすべてを包んでくれるようだった。

「きれいよ」

母親は涙で目を潤ませている。ヴィヴィアンは、ありがとう、と微笑んだ。おかしなところがないか、鏡を見ながら、もう一度チェックする。

ウェディングドレスは母親が自分の結婚式で着たものをもらって、それをアレンジした。総レースで高価なビーズが手縫いでつけてある生地は、すごくお気に入り。パフスリーブをノースリブにして、レースの長い手袋をつけた。裾も後ろを伸ばして、歩くときにきれいに床に広がるようになっている。ヒールで踏んだりしないように気をつけないと。

「時間です」

係員に言われて、ヴィヴィアンは深呼吸をした。母親は、じゃあ、わたしは席についてるわね、と言いおいて、一足先に出る。

ヴィヴィアンは係員に案内されて、足を進めた。礼拝堂につづく扉の前で、父親が待っている。

「きれいだよ、ヴィヴ」

父親はにっこり笑った。

「ありがとう、パパ」

ヴィヴィアンは父親と腕を組んだ。係員がヴィヴィアンのベールをかぶせてくれる。係員の合図で、オルガンが鳴りだした。扉が左右に開く。

華やかな音楽にあわせて、ヴィヴィアンは父親とゆっくりヴァージンロードを歩いた。その一歩一歩が愛おしい。

今日、お嫁にいくわけじゃない。もうとっくに結婚はしている。

それでも、こうやっていろんな区切りをつけるために結婚式をするのは必要なことだった。

結婚式をするの。だから、来てね。

両親の前にザッカリーと二人で並んで、そう告げたとき、両親は一瞬、信じられない、といった顔をして、そのあと泣き崩れた。

幸せにやってるんだね。それなら、よかった。

父親の言葉で、苦しかっただろうこの二ヶ月ちょっとが想像できた。

父親は、今日はとてもすっきりした表情をしている。

娘を売って、自分たちだけのうのうと暮らしている。

その呪縛が解けたのだろう。

礼拝堂の中は招待客でいっぱいだった。ただし、当然、その中にクリスはいない。クリスがいまどこで何をしているのか、ヴィヴィアンは知らない。ミルマン家そのものが、忽然と消えてしまったからだ。

その裏にはザッカリーがいる。だけど、ヴィヴィアンは、彼らがどうしているのかは聞かない。単純に興味がないのだ。

クリスはあのとき、自分の中では必要のない人になった。

だから、忘れるだけだ。

祭壇の前について、そこで待っていたザッカリーに父親がヴィヴィアンを渡す。ザッカリーは白いタキシードを着て、ずっと一緒にいるヴィヴィアンが驚くぐらい、一段とかっこよかった。

「ヴィヴ、すごくきれいだ」

ザッカリーがヴィヴの手を取って、そっとささやく。

「ザッカリーも、本当にすてきよ」

そこでおたがいに目をみあわせて、照れたように笑った。

気持ちが通じ合った瞬間から、自分たちはちゃんと夫婦だと思っていたけれど、こうやってみんなの前で宣言することで、それは周知の事実になる。

それを、二人で望んだ。

政略結婚じゃなくてちゃんと恋愛結婚なのだと、世間に知らしめたかった。

ザッカリーとヴィヴィアンは、そのまま一歩、前に出た。手を離してから、おたがいのほうを向く。ザッカリーがヴィヴィアンのベールをめくってくれた。祭壇で待っていた神父が、こほん、とせきばらいをした。

「お集まりの皆様、本日は神の御前で一組の男女が夫婦の誓いをかわそうとしております。異議がある人は、いまここで述べなさい。そうじゃなければ、一生、沈黙していなさい」

もちろん、だれも反対なんかしない。

「それでは、愛の言葉の交換を」

ザッカリーはヴィヴィアンの手を取った。ヴィヴィアンは、ザッカリーをじっと見つめる。

「ヴィヴ」

ザッカリーがにっこり笑う。

「きみに出会って、ぼくの人生は一変したよ。退屈で刺激のない生活が、わくわくした驚きに満ちあふれたものになった。きみといると、楽しい。きみといると、ずっと笑っていられる。きみのおしゃべりにはときどきうんざりするけど、でも、その声を聞いていたいから我慢する」

ここで、少し笑いが起こった。ヴィヴィアンも笑う。たしかに、ザッカリーはたまに、まだしゃべるのかよ、と表情で訴えてくるのだ。

「きみはぼくの天使、なんて、そんな月並みな表現はしたくない。なのに、きみを見ると、あ、天使だ、と思ってしまう。そして、わけのわからないことで怒っているときは、この悪魔め、とも思う」

どっと笑いが大きくなった。

きっと真面目に愛の言葉なんて書かないだろうと思っていたから、ヴィヴィアンも動じない。

ザッカリーが照れやなことは、もう知っている。

「きみと結婚したら、天使と悪魔を両方手に入れられて、お得だと思った。だから、これからもずっと、ぼくのそばにいてください」

ザッカリーは軽くおじぎをした。

ぼくのそばにいてください。

ザッカリーが伝えたいのは、それだけ。

だから、うん、とうなずく。

ずっと、そばにいるね。

「初めて出会ったとき、ザッカリーはまぶしいぐらいの笑顔で、おまえの髪、クモの巣みてーだな、と、わたしの心をひどく傷つけました」

くすり、と少しの笑い声。笑っていいのかどうか、とまどっているのだろう。

「わたしはそのころはまだ純粋で臆病で、言い返すこともできなかったのです。いまのわたしなら、わたしの髪の毛はクモの巣かもしれないけど、あなたの脳みそにはクモの巣がはってそうね、だって、まったく使ってないから、といやみたっぷりに反論してやるところです。あなたは立ち上がれないほど傷ついたでしょう。わたしが純粋で臆病だったことを感謝してください」

今度は、どわっと湧いた。

ザッカリーとおなじぐらい、ヴィヴィアンだって恥ずかしがり屋だ。大勢の前で、ストレートに愛の告白なんてできない。

「そんなクモの巣をお嫁にしたいなんて、あなたはよっぽどの変わりものですね。でも、わたしも、まあ、いいか、と気軽に引き受けたので、おなじぐらい変わりものにちがいありません。わたしがあなたと結婚しないと、その変わりものの犠牲者が二人も出るので、おたがい、不満はあるでしょうが、これからも一緒にいましょう」

笑い声の中、ヴィヴィアンは軽く頭を下げた。

これからも一緒にいましょう。

ヴィヴィアンが伝えたいのも、シンプルなそのひとことだけ。

「それでは、わたしのあとにつづいてください。まずは、ザッカリーから」

「わたくし、ザッカリー・ファルコーニは、ヴィヴィアン・ラーソンを、どんなときでも愛し、守り、信じることを誓います」

ザッカリーのその言葉に、涙が出そうになる。ヴィヴィアンはそれをこらえて、神父の言葉を復唱した。

「わたくし、ヴィヴィアン・ラーソンは、ザッカリー・ファルコーニを、どんなときでも愛し、守り、信じることを誓います」

うん、誓う。神様にも、ほかのどんなものにも。

心から誓う。

「指輪の交換をしてください」

ザッカリーはタキシードのポケットから指輪を取り出すと、ヴィヴィアンの指にはめてくれた。

ベストマンやブライドメイドを頼んでないので、全部自分たちでやるしかない。でも、それがよかった。

だって、ザッカリーと二人だけで、この場に立っていたい。

ヴィヴィアンはネックレスを外した。そこに指輪が通してある。

え、そんなとこに？　と驚いているザッカリーに、してやったり、の笑顔を向けた。だって、ウェディングドレスにはポケットなんてついてないんだもの。絶対に失くしたくないから、ネックレスの鎖に通して、身につけることにしたのだ。

指輪をザッカリーの指に通す。関節が太くて、ごつごつしていて、だけど、大好きな手。

「誓いのキスを」

ザッカリーがヴィヴィアンのほうに足を踏み出して、ちゅっ、と触れるだけのキスをした。さすがに、おたがいの両親がそろっている前で激しいキスはしたくない。

「ここに、二人を夫婦として認めます」

神父の言葉で、ヴィヴィアンはほっと息をついた。

これで、仰々しい儀式は終わった。このあと披露宴があるが、そこでは、お酒を飲んで料理を食べていればいいので、気が楽だ。

ザッカリーがヴィヴィアンの手を取って、祭壇を降りるとヴァージンロードを歩く。招待客が拍手する中を、にこやかに手を振った。

「知らない人ばっかり」

ヴィヴィアンが笑顔を崩さずに、小さくつぶやく。

「俺も。遠い親戚とかいるらしい」

「このまま逃げたら、大問題かしら」

「おもしろそうだけど、さすがに無理だな。親が恥をかく」

「それもそうね。やめましょう」

こんな普通の会話をしているのも、おたがいに照れているから。

扉を出ると、係員がそれを閉めてくれた。はあああ、と同時に深い息を吐く。

「疲れたな」

「うん、疲れたわ。時間にしたら短いのにね」

「これから、なんだっけ?」

「フラワーシャワーの準備の間、控室で待ってるんじゃなかった?」

「やっぱ、逃げるか」

ザッカリーが、にやっと笑った。ヴィヴィアンも、そうね、とうなずく。

本当に逃げはしないけど、フラワーシャワーの中、階段をにこやかに降りるなんて、想像しただけでげんなりだ。

結婚式は、自分たちのためじゃない。

その言葉を、きっと今日、何度も実感することだろう。

「もう、ママ、泣いちゃったわ～」

ヴィヴィアンの母親がハンカチで目元を押さえながら、ヴィヴィアンたちのところにやってくる。そうか、親も控室で待っているのか。

だったら、親孝行だと思って、おとなしくにこにこしていよう。

「ヴィヴ」

「ん？」

「愛してる」

ザッカリーの言葉は甘く溶ける。それだけで、これまでの疲れが消えてなくなった。

大好きな人の、愛してる、には、すごい効力がある。

だから。

「わたしも、愛してる」

ヴィヴィアンも心をこめて、そう告げた。

愛の言葉では、二人ともふざけていたけれど。

愛してる。

その気持ちは、ずっと根底にある。

愛してる、愛してる、愛してる。

あなたを、心から愛してる。

たとえば、クモの巣みたいって言われなかったら。
出会ったあのときからずっと一緒にいたかもしれない。
その人生を歩んでみたかった、と思うときもある。
だけど、これでいい。
大人になって再会して、また恋に落ちた。
そんな現実が、とてもすてきだと思うから。
自分たちは、これでいい。
だって、これからはもう離れない。
あなたの隣から。
絶対に。

あとがき

はじめまして、または、こんにちは。森本あきです。

今回は、きらいな男と無理やり結婚させられて溺愛される主人公、そこに絡む幼なじみの男、どうする、どうなる！　と、一人で張り切りながら書いてみたんですが、まあ、あれですよ。いつもの感じですよ。

エロはがんばりました！　蜜猫さんといえばエロ（←失礼な）！　なので、ほかの方たちに負けないように、精一杯やらせていただきました。

エロくてよかった、と思っていただければ、私としては大満足です。

さて、ここのところ、ちょーっと心身ともに疲れておりまして、元気しかとりえがないのにどうしたことだ、と危機感を抱いて、気分転換にお出かけしてきました。

『アイ・アム・ア・ヒーロー』見て、みんな！　いろんなこと、どうでもよくなるから！

私はもともと大泉洋が好きなのですが、それは『水曜どうでしょう』に出てくる洋ちゃんが好きなのであって、役者として興味はないんですよ。日本のドラマとか映画とかあまり見ないので、いや、もっと言えば、テレビ番組をまったくといっていいほど見ないので（テレビはDVDを見るための箱だと思ってます。もしくはテニス中継ぐらいですかね、ちゃんと見るのは）、役者としての洋ちゃんを見たのはこれが初めてです。

洋ちゃん、すごーくよかった！

私は原作のマンガも読んでなくて、ゾキュンと呼ばれるゾンビが出てきて、世界三大グロ映画祭（語弊がありすぎる…が、特にまちがってないので訂正しない）でいろんな賞を取ったぐらいだから、ものすごくグロいんだろうな、ぐらいの知識で行ってみたのです。

映画館、満員。

そんなに、みんな、グロ好きかーっ！

カップルとかあちこちにいて、このあと大丈夫かなあ、全然デートムービーじゃないと思うよ、とひがみが半分入りつつ心配しているうちに、映画が始まりました。

正直、私もそんなにグロは好きじゃないですし、喜んで見たいわけでもないです。なので、ドキドキしながら、耐えられるかしら、とは思ってました。

見たいけどグロそうだな、と考えてる人たちは、ダメだったら途中退出しよう、ぐらいの軽い気持ちで行くのがいいですよ。

すんげーグロいから！　びっくりするから！　どこにこんな予算あるんだ！　ってぐらい、アクションとグロに金かけてるから！

話といえば、ただ、ゾキュンがはびこる世の中で、ダメ人間だった洋ちゃん（ちがう）が、強くたくましく成長していく、というだけなのですが、グロ映画の内容はシンプルが一番なんです。この特殊効果を見ろ！　とばかりに、ばんばんゾンビを出せばいいのよ。

最後、すごい数のゾンビをつぎつぎと倒す洋ちゃんはかっこよかった！　見てるこっちもハイになってきて、いけいけいけいけーっ！　って応援してた。映画が終わったら、かなり気分がすっきりしていたので、ぜひ、みなさん、落ち込んだときにはおすすめです。

あと、有村架純ちゃんが、すっごいかわいかった〜。ゾンビ映画のヒロインとしてはいままでにないだろう、ゾキュン側という設定もよかった。予告見たときに、なんで包帯してるのかな、と不思議だったんですけど、ああ、そういうことね、と納得しました。

ちなみに、テレビを見ない私は、この有村架純ちゃんも当然知らず、後日、友人に尋ねたら、思い切り冷たい目で見られました。

有名な人なのね…。朝ドラとか…そんな時間に起きてるわけがないし…。

とにかく、とってもよかったです！　R15だし、グロいって言っても邦画だもんね、と少しなめた気持ちで行ったら、とんでもない返り討ちにあいました。

もう一回見たい！　とは全然思わないですけど（え？）、三大グロ映画祭（ほめてます！本当にあの三つはすごいんです！）でいろんな賞を取ったのも納得だわ、というすばらしい出来でした。

あー、おもしろかった！

それでは、恒例、感謝のお時間です。

挿絵は、駒城ミチヲ先生！　とてもかわいらしい絵をありがとうございました！　機会があったら、ぜひまたご一緒させてください。

担当さんには、どうおわびをすればいいのかっ…！　本当にご迷惑をいっぱいかけて、すみませんでした。これからもがんばりますので、どうか見捨てないでください。

それでは、またどこかでお会いしましょう！

森本あき

蜜猫文庫をお買い上げいただきありがとうございます。
この作品を読んでのご意見・ご感想をお聞かせください。
あて先は下記の通りです。

〒102-0072　東京都千代田区飯田橋 2-7-3
(株)竹書房　蜜猫文庫編集部
森本あき先生 / 駒城ミチヲ先生

買われた新妻は溺愛される

2016 年 6 月 29 日　初版第 1 刷発行

著　者　森本あき　

発行者　後藤明信

発行所　株式会社竹書房
〒102-0072 東京都千代田区飯田橋 2-7-3
電話　03(3264)1576(代表)
03(3234)6245(編集部)

デザイン　antenna

印刷所　中央精版印刷株式会社

Printed in JAPAN
ISBN978-4-8019-0756-0　C0193